35 ans

DONT 15 AVANT INTERNET

DE LA MÊME AUTRICE

30 ans (10 ans de thérapie), Mazarine, 2016 ; Marabout, 2017.

Nora Hamzawi

35 ans

DONT 15 AVANT INTERNET

Illustrations de Thibault Milet

MAZARINE

Certaines chroniques ou certains extraits ont déjà paru dans *Grazia*, *Le Monde*, ou ont été diffusés sur France Inter (« La Matinale » ou « La Bande originale » – franceinter.fr).

Couverture : Louise Cand

Illustrations de couverture et intérieures :

ISBN : 978-2-86374-498-7
Mazarine/Librairie Arthème Fayard
Dépôt légal : novembre 2020

Portrait-robot

Je l'ai déjà dit, mais il se trouve que ça n'a pas changé, je déteste les présentations. C'est aussi pour ça que la première page d'un journal, c'est toujours un peu compliqué. On a du mal à se définir, à être dans la sincérité, à faire le choix des premiers trucs qu'on va dire sur soi. Depuis que je suis toute petite, je ressens la même chose. Je me souviens de mon premier journal intime, une amie de ma mère me l'avait rapporté du Japon, il avait des dessins super mignons sur la couverture, des petits crocodiles qui se baignaient et qui mangeait des glaces, je me souviens même de sa matière, une sorte de plastique matelassé qu'on a immédiatement envie de sentir. Ça sentait d'ailleurs hyper bon. Une odeur de plastique chimique que les moins de 30 ans ne peuvent pas aimer, une odeur liée à une époque où tout ce qui paraît très mauvais doit forcément être très très bon.

D'ailleurs, si je devais développer, je crois que c'est comme ça que je définirais les années 90, une sorte de transgression cheap du mauvais goût, des choses toxiques, mais vraiment on trouve ça super et très beau. De toute façon, quand on porte des Buffalos aux pieds et des macarons sur la tête, on est forcément un peu le super héros de sa propre instabilité mentale.

Mon journal avait un cadenas avec une serrure en forme de cœur et un trousseau de clés tellement mignon. Je crois que ma fascination pour le Japon a débuté à ce moment-là. Qui pouvait bien fabriquer des objets aussi parfaits ? Là-bas, tout devait forcément être merveilleux.

Je me souviens que je trouvais ça hyper intimidant de raconter ma vie et mes secrets sans avoir de réponse. À l'époque, je n'avais évidemment aucune idée que j'allais reproduire cette même dynamique, des années plus tard, chez le psy…

Du coup, quand j'écrivais, je pensais à la personne qui pourrait potentiellement me lire : je m'étais inventé une sorte de double que je jugeais plus romantique, plus torturée, plus fantaisiste que moi, une petite fille vraiment très mature pour ses 9 ans.

Au fil des années et des carnets, j'avais développé plusieurs doubles, selon différents critères qui me plaisaient à différentes étapes de ma vie, la seule constante était que le personnage devenait de plus en plus dramatique – sans doute le chemin vers l'adolescence… Il y a même eu ce carnet que j'avais décidé d'écrire entièrement en alexandrins, un projet que j'avais lâché à la page 2.

Aujourd'hui encore, je me demande bien qui je suis, et pourquoi je fais le choix de montrer une chose plutôt qu'une autre.

En réalité, j'ai toujours été fascinée par le fait qu'on ne se voit pas vraiment comme on est, qu'on renvoie une image différente à chacun, et que nos complexes n'appartiennent qu'à nous et à notre petite histoire. Je trouve ça rassurant. J'aime bien aussi l'idée que, selon comment on bouge, comment on se sape, comment on s'exprime, un imaginaire se crée autour de nous, qui peut être complètement différent de la réalité.

Et moi-même qui adore m'imaginer la vie des gens que je croise dans la rue ou dans le métro, je peux carrément me tromper. Il y a quelques années, je me souviens qu'après avoir bu un coup de trop j'avais dit à un mec en flirtant un peu, super arrogante : « Ah ouais, mais, toi, tu dois être le genre de mec qui surfe à Biarritz… » Il m'avait coupée net en me répondant qu'il ne savait pas nager. Depuis cet épisode, je garde mes petits films pour moi et je ne tire plus aucune conclusion sur les hommes qui portent des bracelets brésiliens.

Un jour, chez le coiffeur, j'ai expérimenté la situation inverse, j'ai appris sans rien demander que je n'étais pas du tout celle que je pensais. Je terminais une conversation téléphonique avec la nounou de mon fils quand le coiffeur, « choqué », me balance : « C'est ouf, c'est complètement ouf, je t'aurais JAMAIIIIIS imaginée maman. Pour moi, t'étais LA vieille fille qui vit seule avec son chat et qui galère. »

J'aurais aimé lui dire que le concept de vieille fille était quand même sacrément daté et aussi qu'on peut galérer même quand on a un enfant, mais j'ai eu peur qu'il argumente : « Non, mais tu vois ce que je veux dire, avec tes cheveux gras et ton look de merde… »

Alors j'ai juste ri bêtement en lui disant que, moi aussi à une époque, j'imaginais que toutes les mères portaient des tailleurs, mais qu'il n'avait pas tort à 100 % vu que j'avais bien un chat.

Pendant qu'il s'attaquait à ma frange, il continuait de remuer sa tête à droite, à gauche en me répétant : « J'en reviens pas, j'en reviens pas. » J'aurais voulu qu'il en revienne, ne serait-ce que pour éviter de TROP couper ! Il a posé ses ciseaux et, tout en s'adressant à moi dans la glace, il a enchaîné : « C'est ouf, tu renvoies tellement une image de meuf qui picole et qui galère. » OK, donc, c'était la deuxième fois qu'il utilisait le mot « galère » et, maintenant, en plus, j'étais une pochtronne. Il me disait ça avec tellement d'aisance et de spontanéité que je me demandais même si, pour lui, ce n'était pas un compliment. Comme si c'était moi qui l'avais cherché.

Sans rapport et sans transition, il a lancé : « Si ça te dit, y a des potes qui ont ouvert un resto de grillades à côté, c'est canon. Je t'en parle parce que, dans le quartier, y a que des nanas ambiance quinoa végé. Tu dois adorer la viande, toi, non ? »

J'étais troublée... Déjà, parce que je n'aime plus trop ça, la viande, et qu'en plus j'estime prendre suffisamment soin de moi pour avoir l'air « végé »...

Bah oui, parce que s'il y a bien une chose qui a changé depuis mes 30 ans, c'est bien mon transit, au revoir les fucking cheeseburgers – ou alors vraiment exceptionnellement et suivis d'un Gaviscon.

Et puis merde, je n'ai même pas à me justifier, peut-être que, moi aussi, je suis une fille très délicate qui aime le quinoa. Peut-être que je digère super mal le lactose, moi aussi, mais qu'au lieu de dire : « T'as pas du lait d'avoine pour mon latte ? », je dis spontanément : « Ouh la, t'as pas plutôt du lait végétal, parce que je digère pas du tout les produits laitiers ? » Voilà, tout était de ma faute, pourquoi est-ce qu'il fallait systématiquement que je choisisse la vulnérabilité et les détails grotesques plutôt que le cool ?

La meuf du café américain à la con qui vend des tartines d'avocats pour que les gens les postent sur leur Insta, elle ne parle jamais de sa digestion, elle ne mentionne jamais ses ballonnements, elle prend du lait d'avoine parce qu'elle aime ça. Parce que c'est son mode de vie et pas parce qu'elle a vieilli des intestins. Point.

Ça m'agace.

Le réel problème, c'est aussi qu'on me parle facilement. On pourrait croire que c'est une bonne chose, mais, là, je parle plutôt de la confiance des gens que je ne connais pas et à qui je n'ai rien demandé, avec, pour la plupart d'entre eux, beaucoup de névroses et pas mal d'histoires chelou.

Je m'étais déjà aperçue de ça il y a quelques années quand, dans un bar, trois personnes de suite m'avaient abordée pour me parler respectivement d'une rupture amoureuse, d'une grosse hésitation au sujet d'une future rhinoplastie et d'un plan à trois expérimenté la veille.

Je me souviens particulièrement de la fille de la rhinoplastie qui n'arrêtait pas de me répéter : « Non, mais parce que les filles comme nous, avec un nez fort… nous avec notre type de nez. » « Nous, et notre et nous et notre et nous et notre » !!! J'avais fini par mettre fin à la conversation et à passer de longues minutes à me regarder sous tous les angles, dans le miroir des chiottes du bar. J'avais beau chercher, grimacer, pour le coup, je trouvais mon nez totalement normal. J'avais passé le reste de la soirée à saouler tous mes potes : « Je m'en fous d'avoir un nez fort, c'est juste que j'aurais aimé le savoir ! Peut-être que je ne me vois pas comme je suis et, ça, c'est un problème, non ? Mais tu me le dirais, toi, si j'avais un nez fort ? »

Mes amis avaient tous réagi différemment.

Thibault, mon meilleur pote, me répondait très calmement que ce n'était pas la première fois que ça m'arrivait et qu'il y avait déjà eu cette fille qui m'avait parlé de « nous et notre big ass ». J'avais oublié l'épisode du gros cul, et alors que ça me déprimait, lui y voyait quelque chose de positif : « Prends-le bien : ça veut dire que les gens se sentent proches de toi ! » Ouais super… Et ils ne peuvent pas se sentir proches quand ça concerne leurs qualités, plutôt ?

Adélaïde, une fille que j'ai beaucoup de mal à supporter et que je croise beaucoup trop à mon goût depuis quelques années, avait pris sa voix calme et rauque de meuf qui n'élève jamais le ton et qui, du coup, par opposition, te fait systématiquement passer pour une hystérique, pour me dire : « Meuf, t'as 35 ans, accepte-toi. T'as plus l'âge d'avoir des complexes. »

Quelle grosse conne, celle-là. En faisant semblant d'être sympa, elle ne niait pas l'histoire du nez chelou et, en plus, elle m'infantilisait avec ses petites leçons de développement personnel aussi creuses que ses posts Instagram.

Mon amie Alice explosait de rire et en faisait des caisses comme d'habitude : « Mais n'importe quoi ! Il est parfait, ton nez !!! »

Elle hurlait ça en terrasse et, moi, je passais pour la meuf totalement narcissique qui a besoin qu'on la complimente sur son nez à 2 heures du matin un samedi soir, alors que je voulais juste connaître la vérité.

Il était là, mon problème. Cette obsession avec la vérité tout le temps. Comme si quelqu'un la détenait, comme si les autres savaient mieux que moi, comme si je ne pouvais pas me faire mon propre avis sur moi-même et que les autres avaient forcément raison, surtout si leurs pensées me blessaient.

C'est quoi cette faculté qui consiste à ne croire que ce qui nous dérange ? C'est ça qu'on appelle la paranoïa ? Ou alors, c'est le manque de confiance ?

Il faudrait que je demande aux autres ce qu'ils en pensent.

J'avais quitté mon psy, pas mes angoisses

Je ne sais même pas si j'avais mentionné le fait que j'avais arrêté de le voir. Je ne crois pas… Sans doute qu'à ce moment-là ça faisait presque partie de mon émancipation de n'avoir même pas besoin de le signaler. Notre rupture s'est faite en douceur comme quand on arrête progressivement de voir les gens avec qui on se rend compte qu'on s'ennuie. Ça s'est passé juste avant l'été. Moi, entre deux silences interminables, j'ai dû conclure un truc du genre : « Bon, bah, je crois qu'on a fait le tour et que la thérapie est terminée. » Et lui a dû répondre un truc du genre : « Bien. Je vous propose d'en rester là pour aujourd'hui et d'en parler lors de notre prochaine séance. » Habituellement, son petit piège aurait fonctionné, sauf que là, manque de bol, la prochaine séance avait lieu après deux mois de longues vacances…

C'était donc la rentrée et je décidai de rester sur mes positions : je ne l'appelle pas pour prendre rendez-vous, la thérapie est terminée, un point c'est tout. Honnêtement, c'est ce qu'il y a de mieux à faire : ça commençait à devenir pénible pour tout le monde, ces quinze dernières séances où, à défaut d'avoir rien à dire d'intéressant sur moi, j'essayais d'en savoir plus sur sa vie à lui. J'aurais pu l'appeler pour officialiser la fin, mais son ton neutre m'a toujours glacée, autant en face, ça va, parce que je vois qu'il a l'air professionnel mais humain, autant par téléphone, ça me tend, j'ai l'impression d'avoir fait quelque chose de mal, qu'il me fait la gueule et je recommence à me comporter comme quelqu'un qui a besoin d'aide.

J'ai donc laissé filer le temps comme j'ai l'habitude de faire quand je dois rappeler quelqu'un, avancer dans mon boulot, payer mes factures, m'occuper de la box qui ne fonctionne plus… Je me suis surprise à ne pas penser à lui pendant des moments d'angoisse en me disant : « Tiens, je gère plutôt bien, même pas besoin de l'appeler. » Ce qui en soi revient quand même un peu à penser à lui, mais bon… Et puis un jour, peut-être à cause d'une angoisse plus forte que les autres, j'ai complètement projeté sur lui plutôt que de régler mon problème à moi et je me suis mise à cogiter : « C'est quand même bizarre qu'il n'ait pas du tout cherché à me joindre, ou alors il estime comme moi que je n'ai plus besoin de psy, han, mais si ça se trouve, il lui est arrivé quelque chose », et quelques minutes plus tard, je me demandais s'il ne valait pas mieux que je l'appelle juste pour vérifier que tout allait bien, en gros qu'il n'était pas mort.

Je me rendais bien compte que mon film était limite extrême ; du coup, je reformulai ma pensée à voix haute comme si je la lui adressais, histoire de prendre du recul : « En fait, j'ai décidé que je n'avais plus besoin de vous et, comme vous ne m'avez pas retenue, j'ai eu peur que vous soyez mort. » OK, j'avais bien fait de faire ce test. Ça passait pas du tout en termes de maturité et d'équilibre.

Si je l'appelais pour lui dire ça, il allait clairement en déduire que la thérapie n'était pas finie.

Les jours ont passé et mon obsession a continué de grandir.

J'ai perdu beaucoup de temps à penser à des stratagèmes pour avoir de ses nouvelles sans avoir besoin de le revoir, et puis j'ai décidé d'assumer mes peurs et d'être moi-même : après tout, c'était pile là-dessus qu'il essayait de me faire travailler depuis des années. J'ai donc appelé comme une grande pour prendre des nouvelles.

Il est bien vivant, et on se revoit la semaine prochaine.

En raccrochant, je me suis sentie hyper en colère. Je me suis dit : « Mais c'est pas possible ! C'est une erreur de débutante, tu fais exactement les mêmes conneries que quand tu es en rupture avec un mec ! » Et c'était vraiment ça. Je repensais à toutes ces relations, où une fois larguée, je me retenais d'appeler, pendant des jours, des semaines, parfois des mois avant de donner signe de vie, en mettant des petites croix dans mon agenda pour me féliciter de chaque jour de silence – tout ça pour finir par tout gâcher, un soir, en envoyant un texto bourrée…

Chaque fois, c'était la même chose, je me réveillais le lendemain, avec la gueule de bois et je me disais : « Bah voilà ! Tout ça pour rien, juste parce que au lieu d'accepter que les gens ne t'aiment plus tu penses qu'ils sont morts ! »

En effet, il était bien là, le problème. Un énorme problème, d'ego, ou de narcissisme, ou des deux – de toute façon, je n'ai jamais vraiment bien compris la différence. Celui qui consiste à croire que, vraiment, c'est très bizarre de ne pas avoir de nouvelles.

Et puis, quitte à calquer ça avec mes ruptures amoureuses, j'aurais dû pousser le truc jusqu'au bout au moins : rappeler le psy en numéro masqué, l'entendre dire « Allô ? » et raccrocher, rassurée qu'il soit en vie, au lieu de bafouiller des bêtises avant d'accepter le rendez-vous.

Sur le chemin vers son cabinet, j'essayais de nous trouver un sujet de conversation. De quoi allait-on bien pouvoir parler pour nos retrouvailles ? Car je n'avais vraiment rien à lui dire. Il y avait bien cette histoire de nez et d'Adelaïde, mais j'allais vraiment passer pour quelqu'un d'inconsistant en racontant un truc aussi minable.

J'écoutais de la musique triste pour essayer de faire remonter un peu de drame en moi et trouver des choses plus intenses à dire, mais rien…

J'ai commencé à chercher dans mes réseaux sociaux un truc agaçant, comme on fouille les poubelles : là-dedans, c'est sûr, je trouverais de la merde.

Bonjour

Je suis arrivée chez lui sans sujet de conversation, mais en faisant confiance à ma capacité d'improvisation. Dans son cabinet, absolument rien n'avait changé depuis la dernière fois, sauf une étrange décoration que je n'arrivais pas à analyser. C'était une sorte de lampe néon avec écrit « Bonjour » en rose et qui n'avait vraiment rien à faire là, entre les meubles anciens, les sculptures et l'immense bibliothèque.

Ça me perturbait, je fixais cette lampe immonde en me demandant comment elle avait pu atterrir ici. Ça raconte quand même quelque chose sur les gens, des fautes de goût pareilles. Peut-être qu'il vivait une sorte de crise existentielle, peut-être qu'il trompait sa femme avec une jeune meuf qui adore la boutique Pylones… Peut-être qu'il avait été forcé de mettre ce truc… Après dix minutes de silence, j'ai fini par lui demander : « Et la lampe au mur, c'est un cadeau ? » Il m'a juste répondu que non, sans développer.

S'en sont suivies dix autres minutes de silence, puis il m'a proposé d'en rester là pour aujourd'hui. J'ai payé et je suis rentrée chez moi.

Il faut vraiment que ça s'arrête.

Je suis retournée à l'école

Honnêtement, je ne pensais pas que ça allait être aussi intense. J'avais déjà fait tellement de rêves où je me retrouvais à devoir repasser le bac et à me cacher dans les toilettes pour lire mon antisèche collée à la porte, que j'avais la sensation de n'en avoir jamais été vraiment séparée. Quand je n'en rêvais pas, je me faisais des films pour y retourner : *La Boum*, *La Boum 2*, *Diabolo Menthe*, afin de revivre ne serait-ce qu'un cinquième du cafard de la rentrée. Il faut dire que je lui voue un culte particulier, à tel point que, l'an dernier, je m'étais surprise à traîner au Monop, juste pour regarder les paniers des collégiens se remplir de fournitures. Je les enviais tant avec leurs feuilles perforées et leurs lots de 240 œillets. Je me souviens que je m'étais fait l'effet de « l'exhibitionniste du collège », on l'appelait comme ça, mais en vrai, personne n'avait jamais vu la moindre partie de son anatomie, mais on l'appelait comme ça parce qu'on aimait bien se faire peur, et aussi parce qu'il avait une tête de pervers, à se balader non-stop au milieu du papier Canson et des colles UHU sans jamais rien acheter. Si ça se trouve, il aimait juste les œillets, lui aussi. Le pauvre.

Et puis, cette année, il s'est passé un drôle de truc. Un truc que je n'avais pas du tout anticipé (et mon coiffeur « choqué » non plus) : j'allais vivre la rentrée, mais du côté du parent. J'avais du mal à réaliser, du mal à trouver ma place. J'avais la sensation de faire un bond dans le futur, comme si je n'avais pas vu le temps passer – comme ce jour où j'ai pris conscience, en

SNIF
SNIF

matant *La Boum* pour la trente-deuxième fois, que j'étais plus proche en âge de Françoise Beretton que de Vic.

La réalité, c'est que ça m'excitait pas mal d'être du côté du parent. C'était rassurant. J'allais enfin me réconcilier avec mon attirance/répulsion pour la rentrée, avoir un rapport sain à l'école et arrêter mes obsessions avec les œillets et les mines de crayon pour me concentrer sur l'essentiel : la qualité, le prix (« Pas cette trousse, elle coûte une fortune ! »).

Je vivrais une rentrée rationnelle, loin de toutes mes émotions d'enfant, pour prendre ma place de mère et, sans en penser un mot, je dirais : « Tu vas voir, l'école, c'est super ! »

Sauf qu'en fait, tout ça, c'était dans ma tête. D'abord, parce qu'en maternelle il n'y a pas de fournitures scolaires, mais aussi parce que, en franchissant la grille, j'ai eu une envie folle de chialer. Tout était comme il y a trente ans. La déco colorée, le bruit des enfants, la gardienne rassurante, l'odeur de cette sauce à la viande qu'ils mettent dans la purée, super écœurante. Ça m'a fait remonter un nombre de trucs…

Les larmes aux yeux, j'ai croisé le regard d'un papa :

« C'est plus dur pour nous que pour eux, vous savez !

— L'odeur de la sauce de purée ?

— Pardon ? »

Notre premier échange de parents d'élèves s'est arrêté là. On est montés dans l'école, j'ai vu la petite rampe, celle à la hauteur des enfants. J'avais oublié. En approchant de la classe, ça sentait la peinture à l'aquarelle, j'adorais cette odeur. J'aurais cru que la pièce allait me paraître minus, comme quand on retourne dans un parc adulte et qu'on revoit le toboggan de son enfance, mais elle m'a paru immense. Elle était belle, j'ai trouvé ça fou que ça me provoque autant d'émotions, de souvenirs, comme si tout était resté précieusement à sa place, en moi. Alors, avant de partir, j'ai dit : « Tu vas voir, ça va être super ! » Et le plus dingue, c'est que je l'ai pensé.

Je voulais être Angela Bower

À la sortie de l'école, avec mon mec, on a, nous aussi, eu l'impression d'intégrer une nouvelle classe, celle des parents d'élèves. Ils étaient tous au café sur le trottoir d'en face en train de discuter comme s'ils se connaissaient depuis toujours. Je me suis sentie rejetée et, parano, j'ai lancé :

« Pourquoi est-ce qu'ils ont tous l'air de se connaître ? Y a eu un pot ? On n'a pas été invités ? C'est dégueulasse ! Pourquoi personne ne nous calcule ?? »

Sans lui laisser le temps de répondre ou de me rassurer, par réflexe de défense, comme quelqu'un qui veut se prouver que, de toute façon, il n'y serait pas allé, à la fête, j'ai enchaîné : « Ils sont vachement plus vieux que nous, non ?? »

Sur ces belles paroles, on s'est quittés pour faire ce qu'on avait à faire et, moi, j'ai continué à réfléchir à tout ça, seule. Franchement, c'était vrai qu'ils avaient l'air vachement plus vieux, enfin, en tout cas, ils avaient l'air vachement plus « parents ». Au moment de traverser, je suis passée devant eux et l'une des mères m'a fait signe : « Tu restes pas prendre un kawa ? »

J'ai été hyper troublée par le tutoiement, et en même temps elle disait bien kawa. Moi, j'avais l'impression d'être face à la mère de ma meilleure amie de primaire, instinctivement je l'aurais carrément vouvoyée, mais je me suis dit qu'il était temps d'intégrer l'équipe des adultes cool, alors j'ai juste répondu : « Non merci »...

Ouais, nul. J'avais rien trouvé à dire d'autre. C'était nul, en plus j'allais passer pour quelqu'un d'hyper désagréable, alors que j'avais juste retrouvé la timidité de mon enfance face aux adultes.

Sur le chemin du retour, j'étais tout émotive et troublée.

J'ai pensé à la petite fille que j'étais. Celle qui avait tellement hâte de grandir et d'être une femme et, maintenant que ça arrivait, je me dégonflais.

Je me souviens de mon but de l'époque, être n'importe quelle femme sortie d'une série américaine, mais avec quand même un petit penchant pour Angela Bower. Je voulais des vestes à épaulettes, des brushings XXL, une maison dans le Connecticut et aussi un homme de ménage beau et sympa, qui cuisine de bonnes pâtes et qui s'appelle Tony. Voilà, c'est ça que je voulais à l'âge de 9 ans. À la place, j'ai eu les grosses lunettes, on va dire que c'est déjà ça…

J'avais aussi un peu envie d'être Samantha évidemment, mais bon, elle, elle s'engueulait avec Jonathan, elle se faisait disputer par son père. Non, c'était la femme adulte qui me donnait envie, et puis, dans la catégorie enfant, j'avais déjà Punky Brewster dans mon cœur… La femme adulte qui bosse, c'était ça, mon rêve. Rentrer à la maison, claquer la porte et balancer avec élégance un « Je suis exténuée ». Je m'aperçois à l'instant que je pourrais très bien réaliser ce rêve, mais que je n'emploie jamais ce mot. Moi, à la place, je dis « crevée », c'est nul, crevée, ça sonne dépressif, ça sonne sale, ça sonne legging ; à partir d'aujourd'hui, je dirai en permanence « exténuée », et je m'achèterai peut-être un trench.

J'ai toujours adoré voir des femmes qui bossent dans ma télé, de Françoise Beretton et ses dessins de taupes pour la presse à Amanda Woodward et ses plans machiavéliques chez D&D (sans pour autant cautionner le harcèlement moral qu'elle a fait subir à Alison, tout ça en plus pour récupérer cet insipide Billy). Les femmes au travail me fascinaient également dans la vraie vie : il y avait ma maîtresse, évidemment, que j'imitais tous les soirs

en rentrant de l'école, sa façon de terminer les mots en claquant sa langue contre son palais d'une façon un peu dégueulasse, son écriture penchée vers la droite à la craie et les mots qu'elle décidait de souligner ou d'entourer selon leur importance. J'aurais même voulu porter son odeur et, pourtant, elle puait un peu, mais pour moi, ça sentait la liberté. Il y avait aussi la boulangère et ses phrases absurdes du genre « Et de trois et deux font un », sans parler de la fromagère qui triomphait entourée de ses pâtes molles et de ses pâtes dures, une immense star.

Je rêvais de bosser, moi aussi, le plus vite possible. À côté de ça, j'étais nulle en cours, mais c'est sans doute parce que je n'y voyais aucun lien de cause à effet (un sentiment qui n'a fait que se renforcer avec le temps, vraiment, il n'y a aucun rapport entre une équerre et un bel avenir). Je ne rêvais pas de bonnes notes, de toute façon, je rêvais de bosser et d'indépendance. J'avais une tirelire que je remplissais avec une partie de mon argent de poche (l'autre partie étant consacrée aux pelotes de fils à la fraise) et, chaque fois que j'ajoutais une pièce de deux francs, je me disais : voilà pour payer ta future maison, je n'avais donc encore aucune idée du prix de l'immobilier.

Plus tard, j'ai été serveuse, vendeuse, meuf qui dit « par ici » ou « par là » avec son bras dans les parkings, je ne sais pas si ça porte un nom, j'ai été caissière, hôtesse d'accueil, chargée d'études, chef de projet, rédactrice, chargée de clientèle, femme déguisée en boisson gazeuse pour distribuer des canettes, auteure… Il y a des boulots que j'ai adorés, d'autres que j'ai détestés (le taf avec le bras, c'était un peu chiant, mais pas le pire…), il n'empêche que chaque fois que j'y allais, j'avais un petit sentiment de fierté, un petit quelque chose qui me rapprochait d'Angela Bower.

Névroses capillaires

J'ai envie de changement, faut dire que, dernièrement, je ne ressemble à rien.

Le teint ni hâlé ni clair, les cheveux légèrement oxydés par le soleil et la mer qui donnent un effet plus abîmé que « flash » (« flash », c'était une technique employée chez Biguine dans les années 90, quand on n'était pas encore prête à franchir le cap du balayage), sans parler de mes dernières fringues d'été qui, sorties du contexte « Je fais mes courses dans le Carrefour d'une station balnéaire », n'ont aucune excuse pour exister.

En gros, ma dégaine ne veut rien dire. Quand on me voit, on ne sait pas si c'est la rentrée, si c'est encore les vacances, ou si je fais pas juste un petit burn-out. Physiquement, je me fais penser à un bracelet brésilien qui aurait traîné deux mois de trop sur un poignet. Ou à la chanson « Octobre » de Cabrel, même si on est encore en septembre... Bref, ras le bol de ma gueule d'été indien. C'est en constatant tout ça, face à ma glace, excédée, que je me suis dit : *« Allez merde, il fait trop chaud pour acheter des fringues de la nouvelle collection. La solution, c'est ta tête. Prends rendez-vous chez le coiffeur. Et lance-toi ! »* Pour une fois, je n'avais aucune idée de ce que je voulais, je savais juste que je voulais éviter le salon du mec qui me prend pour une femme à chats carnivore, mais à part ça j'y allais ouverte, libre, sans limites. Comme je sentais que ça allait être l'aventure, j'ai passé pas mal de temps sur Internet à taper « meilleurs coiffeurs à Paris », puis, faute de budget, à taper « coiffeurs visagistes Paris ».

Le mot visagiste sur les devantures des coiffeurs, ça a toujours un côté rassurant, même si on n'y croit pas du tout. Mais bon, ça permet de fantasmer un peu, de s'imaginer que sous prétexte que le type a compris que notre visage était ovale, il a LA COUPE qui va changer le reste de notre vie et rendre notre gueule et notre avenir meilleurs. Fatiguée d'avoir perdu une demi-journée à faire des recherches, j'ai fini chez le coiffeur en bas de chez moi. Quand je lui ai dit que j'avais envie de changement, il m'a répondu : « Alors, on coupe ? » Ce qui a eu le don de me faire comprendre que je n'avais en fait pas du tout envie de changement. Comme il m'a sentie réticente, il m'a proposé une couleur ; comme il m'a sentie réticente, il m'a proposé un gloss ; comme il m'a sentie réticente, il a fini par me proposer de me couper « juste les pointes, pas plus de deux centimètres, et on rafraîchit la frange ». BANCO !

Quand ses ciseaux se sont approchés de ma frange, j'ai eu mes petites frayeurs habituelles : « Pas trop court, hein ! Sinon après, sur moi, ça fait Jeanne d'Arc. » Et au moment des pointes : « Par contre, pas trop court, hein ! Parce que après, je peux plus les attacher. » Un peu saoulé, il a dit : « Sinon, on fait rien et on laisse comme ça ? » J'étais à deux doigts de sauter sur sa proposition avant de comprendre que c'était ironique.

J'ai fait semblant de rire et j'ai dit, crispée : « Non, mais un centimètre, mine de rien, ça change ! » Quand je suis passée en caisse, j'ai senti comme un froid. Il m'a fait un prix, mais ça sonnait comme un reproche : « Je vous compte une coupe enfant, pour ce que je vous ai fait… » Et, pour le réconforter, j'ai dit : « Une bonne coupe, c'est comme une bonne chirurgie esthétique. C'est quand ça se voit le moins que c'est le plus réussi. » Alors que j'étais hyper fière de mon parallèle, j'ai senti qu'il commençait à me mater de très près en se demandant ce que j'avais bien pu me faire refaire.

Je suis rentrée chez moi avec la même gueule qu'en partant, le brushing de Donna dans le générique de *Beverly Hills* en plus.

Résultat, comme toujours quand je sors de chez le coiffeur, je me suis dit qu'en fait ce que je voulais, c'était les faire pousser. Être une fois dans ma vie la fille aux cheveux longs !

A priori, c'est un projet largement réalisable, pourtant, dès que j'approche du but, je coupe tout. C'est comme si je ne me l'autorisais pas. Dès que mes pointes atteignent une certaine longueur, j'ai l'impression de tricher, de faire semblant d'être quelqu'un d'autre, de me mentir. Je crois que c'est un truc qui me vient de l'école primaire. Je me souviens qu'à l'époque les filles se regroupaient clairement en fonction de leurs coupes de cheveux : il y avait celles qui étaient parfaites, qui faisaient de l'équitation, qui gardaient le cochon d'Inde de la maîtresse le week-end et qui portaient les cheveux super longs – elles aimaient bien dire « longs jusqu'aux fesses » ; celles coupées au carré, qui n'avaient clairement pas choisi de ressembler aux Triplés, que leurs parents déguisaient en petites filles modèles, mais qui étaient plutôt des cancres. Et enfin les ratées, coupées au bol ou aux ciseaux de cuisine par maman ou papa.

Je faisais partie de la catégorie coupe au carré.

Je me souviens très bien de chacun de mes rendez-vous chez le coiffeur. Ma mère me regardait dans la glace, le coiffeur proposait « Juste les pointes ? », et elle disait exactement ce qu'elle voulait pour moi, une coupe bien structurée, bien soignée, avec la raie sur le côté qui ira parfaitement avec mon petit pull chaussette rouge et vert de chez Jacadi. C'était une pression. La pression de ressembler à la petite fille qu'elle s'imaginait sans doute avoir avant même de m'avoir eue. Je me disais : « Les cheveux longs, c'est tellement la liberté », c'est sans doute pour ça que j'associais ça à l'équitation, j'imaginais toutes mes camarades de classe galoper les cheveux au vent et, en redescendant du cheval, avoir les petites mèches fofolles partout autour du visage. Pour autant, je n'avais jamais signalé mon envie de changer de coupe à ma mère, parfois je grimaçais quand le coiffeur continuait de couper, et je l'entendais dire : « Voilà. Comme ça, c'est plus soigné », alors je me disais, bon, si ça peut lui faire plaisir.

En grandissant, quand j'ai eu l'âge de prendre mes propres décisions (primordiales), j'ai tout tenté capillairement. La raie au milieu avec les cheveux lissés façon Posh Spice, le henné façon *Angela 15 ans*, le dégradé de Rachel Green dans *Friends*, le mascara pour cheveux façon *Salut les années 1990* !

Mais, chaque fois que ça poussait un peu trop, je coupais. Et chaque fois que je coupais, je regrettais. Et c'est toujours pareil : il faut dire que je suis attachée à mes petites habitudes. Particulièrement à mes petites habitudes capillaires. Ça n'a pourtant rien d'un parti pris esthétique, où je me préférerais avec telle coiffure plutôt qu'une autre, non, au contraire, je suis même la première à pouvoir me lasser très vite de moi-même, c'est juste que je trouve ça plus confortable à vivre de ne rien changer.

D'ailleurs, le choix du chignon, ou du « bun », si je veux être plus cool, ou de ce « chignon coiffé décoiffé », si je voulais le théoriser, n'est pas né d'une coquetterie, mais tout simplement du constat que je transpire beaucoup trop de la nuque quand j'ai les cheveux lâchés. Une journaliste, l'autre jour, me posait la question au sujet de ma « tenue de scène » :

« Et votre chignon, c'est une marque de fabrique que vous avez soigneusement travaillée ?

— Non, c'est que je sue énormément. Parfois, je sue tellement que ça me réveille la nuit, mais ça, c'est souvent hormonal, et les lumières des projecteurs sur scène me font vraiment transpirer à grosses gouttes.

— Ah... (Silence mi-déçu, mi-dégoûté). Et vos lunettes ?

— Bah, ça, c'est parce que je suis myope. »

J'ai repensé à cette histoire de latte au lait d'avoine, c'est dingue, une fois de plus j'avais raté l'occasion d'être cool. C'était bien une marque de fabrique, pourquoi fallait-il que je lui raconte mes histoires de transpiration... ?

Pour en revenir à mes cheveux, c'est peut-être décevant, mais de toute façon, chaque fois que j'ai tenté des choses différentes, ça m'a perturbée. J'ai encore cette sensation, quand on se regarde dans la glace du coiffeur, quand notre rythme cardiaque augmente au fur et à mesure que l'autre n'arrête pas de couper, et cette terrible impression, à la fin, de ressembler à un Playmobil. Et lui : « Ça vous plaît ? » Nous : « Ça change. » Et on sait tous que « Ça change », a priori, c'est pas positif.

Et plus c'est coiffé, structuré, soigné, et plus je le vis mal. J'ai l'impression qu'on a posé sur ma tête les cheveux de quelqu'un d'autre.

Les cheveux de quelqu'un qui prendrait le temps de se faire des brushings, du fer, des boucles, là où, moi, je ne me démêle plus les cheveux depuis 2002, quand je me suis aperçue un jour que ça les rendait vaporeux et qu'après les avoir coiffés je ressemblais systématiquement à un nuage.

Quand, parfois, je décide de faire un effort, parce que je sais que la crème démêlante ne suffira pas, je prends ma grosse brosse plate et, en me coiffant, j'ai immédiatement l'impression d'être dans un film d'époque tellement ce rituel me semble appartenir à un autre temps. Je me vois assise sur un fauteuil en velours, éclairée à la bougie et me confier à ma servante dans une longue robe en coton blanc : « Pensez-vous qu'il m'aime, Ménurine ? » Oui, j'ai complètement inventé ce prénom, mais vous voyez ce que je veux dire niveau ambiance...

Le problème avec le changement, c'est que ça génère des commentaires et je déteste les commentaires physiques. Surtout quand ils ne sont pas clairs. Genre le « Tu t'es coupé les cheveux ? »,

PENSEZ-VOUS QU'IL M'AIME, MÉNURINE ?

sans la suite. Juste ça. Ça, ce n'est pas un commentaire sur moi, c'est un commentaire sur ton sens de l'observation. La plupart du temps, dans ces cas-là, je réponds : « Ah non, pas du tout. » Et même si j'ai coupé 30 centimètres, je maintiens que non. « NON BAH NON, écoute, je sais quand même mieux que toi !! » Elle avait qu'à enchaîner avec « Ça te va trop bien !!! », cette conne, et j'aurais dit la vérité.

L'autre soir, au resto, je les ai lâchés comme ça m'arrive trois fois par an. Adélaïde, qui était encore là, a jugé utile de faire un commentaire :

« Ah tu t'es lâché les cheveux ! Ça fait du bien, ça change… »

« Ça fait du bien », non mais comme si j'étais là pour lui faire du bien ! Elle n'avait qu'à le dire avant que je l'oppressais avec mes cheveux attachés tant qu'elle y est. Si elle a envie de changement pour se faire du bien, elle a qu'à louer une maison de campagne dans le Perche, comme tout le monde, plutôt que de me faire chier.

Comme il était hors de question que je la remercie pour ses faux compliments passifs-agressifs, j'ai juste répondu :

« Ah bon ? Tu trouves que ça change ?? Bah, pourtant, je les lâche tout le temps… »

Je préfère encore être mytho que de lui laisser le loisir de commenter mes névroses capillaires.

J'ai fêté l'automne

Régulièrement, j'ai besoin de vivre comme si j'évoluais dans un dessin animé. Pour être plus précise, ça passe par la recherche d'un joli décor, une BO mignonne et zéro contact avec le monde réel. Pour ce dernier point, qui est un peu radical, j'ai décidé d'incarner le monde réel par toutes les chaînes d'info en continu dont je me sépare pendant cette parenthèse de niaiseries. À une époque, je croyais que ces petits moments que je m'offrais étaient comme des réactions à des mini burn-out, puis je me suis aperçue récemment qu'ils correspondaient en fait aux changements de saison. Il y a des chats qui changent leurs poils dès que la température chute, moi, c'est tout mon comportement qui évolue.

Ma « mue » a donc eu lieu dimanche dernier. Je me suis réveillée une fois de plus avec mon portable à la main alors que j'avais à peine ouvert les yeux, et j'ai envié tous ces gens à la campagne qui postaient des photos d'arbres orangés #automne #frenchcountryside #nature. Je me suis dit qu'il était temps que j'en profite, moi aussi. Pour ça, j'ai d'abord créé une ambiance chaleureuse à la maison en écoutant France Inter et en allumant une petite bougie senteur « forêt », et, à défaut d'avoir des feuilles d'arbre à mes pieds, je me suis blottie dans mon nouveau plaid aux tons ocre. Allongée depuis un moment sans rien faire, à part attendre que ça passe et réfléchir à tout ce que j'aimerais avoir et que je n'ai pas, j'ai été réveillée par les gargouillis de mon ventre. J'aurais pu prendre mon ordi et commander un burger, mais ce n'est franchement pas très « Martine à

Giverny » de me taper un Deliveroo, là, maintenant, alors que j'ai décidé de me la jouer slow life. Je décide donc de faire des petites courses pour me cuisiner un truc, j'entends que la pluie commence juste à tomber, génial je vais pouvoir enfiler mon ciré jaune !!

Me voilà dans la petite épicerie bio toute jolie avec des petites cagettes et des légumes qui iraient hyper bien sur Instagram…

La vendeuse de l'époque qui me tutoyait sans me connaître est partie pour devenir prof de yoga (tiens, comme c'est étonnant cette reconversion), mais heureusement elle a été remplacée par des vendeurs qui ne me connaissent pas mieux qu'elle, mais qui prennent bien soin de me tutoyer aussi.

Je n'ai pas la moindre idée de ce que je vais pouvoir cuisiner, je sais juste que je veux que ce soit dans le thème. Après avoir passé plus de vingt minutes avec un joli pâtisson à la main en me demandant ce que j'allais bien pouvoir en faire, je repère ce père de famille, celui qui m'avait parlé le jour de la rentrée des classes de mon fils. Il est au fond de la boutique en train de montrer différents champignons à ses enfants. Il est parfait, avec son épaisse chemise beige et marron et son imper bleu marine, on dirait le papa de Tchoupi quand il lui fait découvrir la forêt. Je m'approche discrètement, histoire de m'instruire, et je décide tout naturellement de faire le même plat que lui. Ça se voit que leur repas du dimanche sera réussi, je ferais bien de m'en inspirer.

Comme il remarque que je les colle bizarrement sans leur adresser la parole, il brise la glace :

« Alors ça se passe bien l'école ?

— Oui, oui. »

Il faut vraiment que j'apprenne à faire la conversation aux parents d'élèves.

De retour à la maison avec une tonne de girolles et une courge butternut, je commence à perdre légèrement patience. Il faut dire que j'ai passé plus d'une heure à la caisse du magasin, que je ne sais pas comment cuire tous ces aliments et que j'ai hyper faim – heureusement que j'ai mangé cette ficelle aux olives sur la route, sinon je n'aurais jamais tenu.

Mon mec et mon fils, étonnés de découvrir autant de légumes, me demandent ce qu'on mange et, comme je n'en ai aucune idée, je raconte n'importe quoi : « Ce soir, gratin de légumes oubliés ! » C'est parti pour une heure de plus sur Internet à mater les recettes les plus étoilées de Marmiton. Je sens que je vais passer un dimanche de merde. J'essaye d'éplucher cette énorme courge, en vrai, j'ai l'impression de me battre avec elle, ils auraient quand même pu préciser que la peau, c'était une carapace ! Épuisée, affamée, et comme toujours quand j'en ai marre, je décide que je suis entre l'hypoglycémie et la chute de tension. Éreintée, je m'affale sur le canapé : « Sinon, coquillettes au comté, c'est bien ? »

Ils sont ravis. Dehors il pleut. L'automne, vu d'ici, c'est encore mieux que chez Martine et Tchoupi réunis.

J'ai voulu être toutes les femmes sauf moi

Il y a des jours comme ça, où on se réveille avec le sentiment que tous les autres corps sont plus confortables que le nôtre. Moi, ça m'a pris ce matin dès que j'ai posé le pied par terre et que j'ai eu une crampe. Ça ne faisait même pas une minute que j'étais debout, je me rasseyais déjà tordue de douleur, les orteils contractés en essayant de taper sur mon ordi : « crampe magnésium », « crampe fer », « crampe maladie grave ». Finalement, ça a fini par passer avant que je termine mon article Doctissimo, j'ai donc pu me lever. Ce jour-là, je me suis habillée n'importe comment, je ne dis pas que, d'habitude, je suis la reine de la sophistication, mais disons que, là, ça n'avait particulièrement aucun sens.

Le problème, c'est que tout me grattait, tout m'étriquait, tout m'irritait. Tous mes vêtements me rappelaient la sensation de mes cagoules en laine d'enfant et m'oppressaient. Je suis sortie de chez moi et j'ai envié chacune des femmes que j'ai croisées dans la rue.

Elles me paraissaient toutes plus libres que moi, plus détendues, plus habitées. Pendant que je me jugeais comme la fille la plus lourde et la plus gauche de la planète, avec ma peau toute tirée par le calcaire de l'eau de ma douche et ma mauvaise humeur, elles, je les voyais comme des héroïnes de films. Je me mettais à leur inventer des vies à partir de rien. Je regardais les gens et je me demandais à quoi pouvaient ressembler leur appart, leur vie intérieure, leur frigo, j'y trouvais beaucoup de saint-félicien…

Au café en bas de la maison, pas celui qui fait des latte et où on te parle en anglais comme si t'étais forcément bilingue, mais un autre plus classique, limite bar-tabac avec des toilettes où il y a encore le trou pour mettre une pièce de un franc et un téléphone fixe à côté, je tombai sur cette fille habillée en velours vert et je bloquai complètement. Le velours, c'est typiquement ce genre de matière qui peut me faire partir et imaginer des tonnes de trucs incroyables, surtout quand il n'est pas côtelé mais bien lisse avec des reflets, ça me fait ça aussi avec certaines odeurs comme l'ambre. Bref, elle était là en train de boire son thé, enfin, j'imaginais que c'était du thé parce que, en vrai, je n'en savais rien et je la trouvais tellement délicate. Je me disais qu'elle avait sans doute dû passer une matinée incroyable en écoutant Radio Classique et en mangeant ses fruits secs. Je sais que, dit comme ça, ça peut avoir l'air chiant, mais c'est parce que vous ne l'avez pas vue : pour elle, c'est naturel de faire ça, elle ne se forcerait jamais à rien. C'était ce genre de meuf pour qui la mode n'a pas grand intérêt à moins qu'elle ait une histoire, à porter des pierres semi-précieuses trouvées dans une brocante quand sur nous, ça fait juste adulte qui a du mal à sortir de l'adolescence et qui se prend encore pour Phoebe Buffet. Je crois qu'elle a vu que je la fixais un peu trop. Elle n'avait pas tort, j'avais même étudié ses chaussettes en laine fine dans lesquelles elle n'avait même pas l'air de puer des pieds. Elle m'a fait un sourire crispé que j'ai interprété par : Elle peut passer à autre chose, la folle habillée comme un sac ? Non, en vrai, elle n'aurait même pas pu penser un truc aussi con, puisque l'apparence, elle s'en fout, elle a d'autres préoccupations. Après avoir payé l'addition, je suis sûre qu'elle finira de préparer sa prochaine expo de nus au fusain.

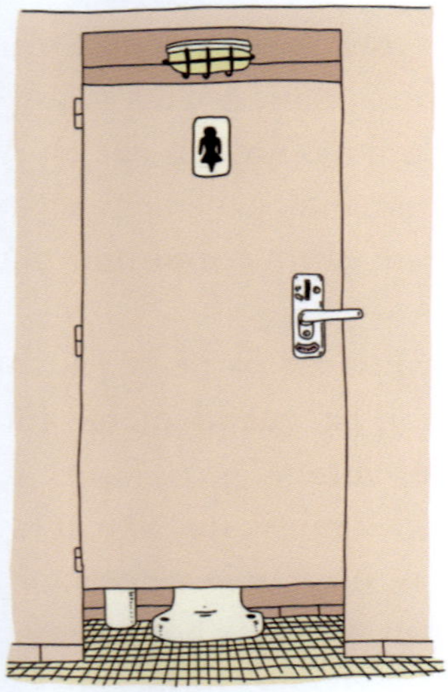

« Ma prochaine expo de nus au fusain », qu'est-ce que c'est élégant. Humoriste, à côté, qu'est-ce que c'est plouc... Avant de sortir, elle s'est arrêtée à ma table et m'a dit : « Je suis désolée, je vous regarde depuis tout à l'heure, j'étais pas sûre que ce soit vous, mais si c'est vous, j'ai beaucoup aimé votre spectacle. » Ça alors. En plus elle est sympa. Je l'ai trouvée tellement impressionnante, tellement charismatique, que, du coup, je me suis juste dit que moi non plus, je n'étais pas sûre que c'était moi.

Elle est partie et j'ai continué à me faire des films sur sa vie.

C'est quand même fou cette faculté à fantasmer sur la vie des autres.

Mon psy, que je n'ai toujours pas revu d'ailleurs, je ne céderai pas, oh non je ne céderai pas, dirait que c'est aussi l'époque qui veut ça. Mais honnêtement, il se plante complètement, puisque ça n'a rien à voir avec Instagram ou n'importe quel truc en lien avec les réseaux sociaux. Non, j'ai réussi à ne pas tomber dans ce piège, les photos des gens montrant la meilleure version d'eux-mêmes ne me font ni chaud ni froid, sauf peut-être quand il s'agit de la déco de leur appartement et de ce petit fauteuil en velours jaune moutarde (encore ce problème avec le velours) que cette meuf a si bien assorti avec ce tapis berbère !

Non, mes fantasmes sur la vie des gens ne regardent que moi, ce ne sont pas eux qui ont voulu me dire à quel point leur métier est formidable, c'est moi toute seule comme une grande qui ai fabriqué de toutes pièces leur quotidien idéal.

Alors que j'étais en pleine séance mentale avec mon psy en train de le contredire (puisqu'en vrai je n'ose pas l'ouvrir de peur qu'il ne me réponde pas), Thibault est venu me rejoindre au café. Thibault a une petite particularité, il se balade toujours avec un sac qui a l'air vide. C'est un sac un peu de sport, je crois que ça a un nom, peut-être sac boudin, American Apparel en faisait plein dans les années 2000, avant de faire faillite. Bref, il se balade systématiquement avec ce sac qui a l'air vide, mais qui lui profère un aspect hyper dynamique, un air retour de salle de gym. En vrai, je crois qu'il n'a que son portefeuille et des écouteurs emmêlés qui se battent en duel dedans. Je dis « je crois », mais je sais, puisque j'ai fouillé dedans un jour pendant qu'il était aux toilettes.

On se promenait dans Paris en se racontant nos petits soucis domestiques, lui, ses problèmes de souris et, moi, mes problèmes de mites, quand on est passés devant cette toute petite librairie. Une toute petite librairie dans laquelle une toute petite libraire en cardigan rose était assise sur une chaise en train de bouquiner. Hop, ça m'a tout de suite repris :

« Oh ! la la, elle doit être bien là !

— Bah, elle a l'air de se faire un peu chier quand même, non ?

— Oh non, elle a l'air trop bien, dans sa petite librairie, avec ses petites affaires sur son petit bureau et sa petite tranquillité. »

Dans ma tête, tout son univers était cosy et composé de petites choses mignonnes comme dans un conte de Beatrix Potter. Ça m'a fait penser à une autre libraire qui bossait en face de chez nous quand j'étais petite. Elle fumait des clopes toute la journée, du coup, quand on lui achetait un livre, les pages puaient le tabac froid. Elle était super désagréable, je rêvais d'être elle.

Elle a disparu du jour au lendemain, et j'ai appris plus tard qu'elle avait été internée, mais je n'ai jamais trop su pourquoi. Ça m'avait vachement choquée, à l'époque, elle avait l'air si heureuse ! Ma mère m'avait rappelé qu'elle n'avait quand même jamais dit bonjour à personne et qu'elle fumait et buvait du whisky non-stop dans sa librairie. Ah. J'étais pas au courant pour l'alcool.

Après cet épisode, je m'étais mise à fantasmer sur plusieurs métiers : la dame de la Fnac (seulement celle qui développait les photos et qui mettait la pellicule dans la petite boîte noire), sur les hôtesses de l'air et enfin, jusqu'à maintenant, sur le métier de fromagère. Ça m'a foutu un coup de cafard de repenser à tout ça :

« Tu vois, Thibault, c'est ça qu'on aurait dû faire… »

Quand j'ai le cafard, j'embarque les gens avec moi et ça devient NOTRE problème, un peu comme ce que faisait la fille qui m'avait parlé de « notre nez fort », sauf que, moi, je fais de l'inclusion dans la psychologie et les névroses plutôt que sur le physique.

J'ai continué :

« On aurait dû faire libraire, ou fromagère !

— Non mais tu te vois aller chez les producteurs ? »

Thibault, c'est vraiment Monsieur Rationnel. Tu lui parles de tes fantasmes et il va ramener ça à des aspects hyper logistiques, c'est sa manière à lui de se rassurer et de rassurer les autres, ne se concentrer que sur ce qui est réel. En attendant, il se balade avec un sac rempli d'objets imaginaires...

Finalement, il a développé :

« D'autant qu'il faut en rencontrer plusieurs, des producteurs. Définir pourquoi tu veux bosser avec l'un plutôt qu'avec l'autre, établir une relation... Tu te vois voyager partout en France, te lever hyper tôt pour aller à Rungis ? » Et blablablabla.

Je dis blablablabla parce qu'il m'a immédiatement perdue. En effet, je me voyais juste dans une jolie fromagerie en train de couper une part d'appenzell, pas tout le reste.

Il a enchaîné : « En plus t'exagères, t'adores ce que tu fais ! Je te rappelle qu'à une époque tu faisais des stages d'études quanti-quali et que tu rêvais de pouvoir écrire et jouer la comédie ! »

Il avait complètement raison. D'ailleurs, à cette époque, je regardais *Sex and the City* et Carrie Bradshaw m'insupportait, notamment parce que je trouvais ça injuste qu'elle ait un métier aussi cool (et aussi parce qu'elle a franchement déconné avec Aidan). J'ai réfléchi à tout ça. J'ai imaginé une autre meuf faire exactement le même métier que moi, une qui porterait du velours en tenue de scène, et j'ai trouvé ça formidable, je l'ai carrément enviée.

Et là, j'ai réalisé un truc : ce n'était pas le métier de toutes ces femmes qui me faisaient rêver, mais la vie intérieure que je leur avais imaginée.

LA MIGNONNE
PETITE LIBRAIRE

Permis de grandir

Je ne sais pas marcher en talons, ce n'est pas vraiment un problème puisque je passe la majorité de mon temps en survêt, et qu'on sait que le combo escarpins/jogging n'est a priori pas une bonne idée, mais bon, n'empêche que ça me frustre.

J'aimerais juste avoir le choix, savoir que c'est possible. Pendant un moment, c'est ce que j'ai fait, au point d'accumuler des tonnes de paires à talons dans mon placard avec l'argument « On ne sait jamais, un jour ça pourrait dépanner ». La réalité, c'est que ça pourrait me dépanner autant qu'une voiture garée dans un parking. À savoir pas du tout, vu que je n'ai pas le permis !

Voilà encore un truc qui était supposé arriver un jour, avec l'âge, et qui n'est jamais arrivé. Il faut dire qu'après avoir loupé le code quatre fois on se sent légèrement humiliée. Et puis, concernant la voiture, j'ai plein d'excuses : je suis parisienne. Paris est embouteillé, on ne peut pas se garer, et puis pour les vacances, j'ai des amis.

Par contre, concernant les talons, je n'ai pas d'excuse. Je n'ai même pas d'explication. Le permis de conduire, ça se travaille, on prend des cours… Mais la marche perchée, ça ne s'apprend pas, si ? C'est comme le rouge à lèvres, enfant, on en fout partout et un jour, par miracle, adulte, ça ne déborde plus. Non ?

Je me souviens qu'ado je fantasmais sur une paire de bottines Mosquitos et sur une autre paire qui venait de La Chausseria. Elles avaient en commun d'être hautes à lacets, en daim, avec un énorme talon en bois. Elles étaient absolument immondes, mais j'éprouvais pour elles des sentiments amoureux. Un jour, je me suis décidée à les essayer. Comprendre : un jour, j'ai forcé ma mère à m'accompagner les essayer. Je savais que si elle me voyait heureuse avec, elle finirait par me les offrir.

Je me souviens de les avoir enfilées, assise sur mon petit tabouret, je voyais mon pied cambré dans la glace, je savais qu'une nouvelle vie allait bientôt s'offrir à moi : la vie des meufs cool, sexy et charismatiques. Quand je me suis levée, ma mère m'a dit : « Marche un peu pour voir si elles ne te font pas mal. » Elles ne me faisaient pas mal, juste je boitais comme si l'on m'avait posée sur des échasses. Je ne comprenais rien : est-ce qu'il y avait une méthode ? Est-ce que mes pieds étaient censés faire un mouvement particulier ? J'avais un blocage qui me semblait mécanique.

Ma mère, observant le problème, a lancé : « Tu peux en essayer de moins hautes ? »

Non, mais n'importe quoi ! De moins hautes ? J'aurais l'air de quoi avec des talons bâtards de 5 centimètres ? Tu veux qu'on me prenne pour une conne ? Non, c'étaient celles-ci ou rien !! OK ??? On est donc rentrées à la maison avec rien. Sur le chemin, ma mère essayait de me consoler : « Ça va venir. Avec le temps, on s'habitue, petit à petit. » Moi, je faisais la gueule : « Comment tu veux que je m'habitue, si tu ne me les achètes pas ? Faut bien que je m'entraîne ! »

Depuis ce jour-là, je me suis acheté beaucoup de paires de chaussures à talons avec mon propre argent, pour m'entraîner. Ça n'a jamais pris. J'ai passé des journées entières chez moi, à marcher en talons, à passer l'aspirateur en talons (en pensant à Freddie Mercury), à cuisiner en talons. Rien. Rien. Un échec total. Parfois, la nuit, je rêve que je porte des escarpins immenses qui m'empêchent de plier les genoux et d'avancer et je me retrouve complètement bloquée là où je suis. Je me réveille en sueur. Je passe la tête sous mes draps et je suis soulagée de découvrir mes pieds nus. Pour me remettre du cauchemar, je pense à ma paire de Stan Smith et je m'imagine avec, si légère, si mobile, à pouvoir courir dans la rue… Et je me rendors tranquillement.

Si mon psy avait été là, il aurait tout de suite voulu qu'on analyse mon rêve, puisque c'est sa passion dans l'existence :

« Hum, et d'après vous, que raconte-t-il, ce rêve ?

— Bah, je viens de vous le dire, non ?

— Hum, vous repensez au passé en ce moment ? »

En l'occurrence, il se trouve que, oui, je pense au passé, et que, en effet, toutes ces histoires de talons me ramènent à des histoires d'adolescence, de femmes accomplies, d'âge adulte, ou juste de grandir.

Il y a encore quelque temps, si on fouillait dans ma garde-robe, OK je ne sais même pas pourquoi j'emploie le terme « garde-robe », si on fouillait dans mon énorme bordel qui me sert à la fois de dressing et de défouloir (voir toutes les fringues jetées en boule violemment parce que « mais il gratte, ce pull, c'est INSUPPORTABLE !!!! »), on n'y trouvait pratiquement que des sweats gris, des pulls trop grands et des jeans. Il y a aussi cet étrange étage témoin consacré aux super belles fringues bien pliées, limite encore enveloppées dans du papier de soie, que je n'ai jamais mises parce que « ça fait trop » ou parce que « non mais je risque de les salir ».

Oui, il est là, le problème, n'avoir pas compris qu'on a grandi et se considérer encore comme une enfant cracra qui se fout du feutre sur les doigts !! Après, pour ma défense, je dois avouer que j'ai pourri un nombre innombrable de hauts avec des spaghettis bolognaise et que ça suffit comme ça !

Généralement, je regarde cette étagère de loin sans jamais la toucher, mais avec beaucoup de désir, et puis je me raisonne, je me dis que je ne vais quand même pas sortir avec ce magnifique haut en soie. Bah non, quand même pas. Je le mettrai pour une grande occasion.

Une « grande occasion ». Elle correspond à quoi exactement cette grande occasion ? C'est quoi ce grand événement imaginaire que j'attends pour pouvoir enfiler ce haut en soie, ou ma sublime paire de bottes ?! En plus, je n'ai sûrement pas envie d'être comme ces gens qui ne se sapent que pour les fêtes, à tel point que tout le monde le remarque : « Oh, regarde, Tata Niniche a fait un effort, elle s'est bien habillée pour Noël. » Quelle horreur.

Petit à petit, sans vraiment m'en rendre compte, et comme une petite thérapie comportementale, j'ai commencé à déballer les vêtements que j'avais peur d'abîmer et à les enfiler juste pour de petites missions : aller chercher un colis à la poste ou du comté râpé chez La Bio c'est bon. Ça m'a fait un bien fou, j'ai eu l'impression de grandir d'un coup, mais en bien.

J'ai compris que je pouvais me voir dans le miroir du rayon frais autrement qu'en survêt et qu'en fait je savais très bien marcher en talons (bon la poste est à moins de trois minutes à pied et les talons sont assez larges, mais je suis dans une démarche positive et je n'ai aucune envie de pleurer parce que je n'enfilerai jamais d'escarpins). De retour à la maison, mon fils m'a accueillie sourire aux lèvres : « Elles sont jolies tes bottes », et je dois avouer qu'il ne m'avait jamais dit « Il est joli ton legging », alors qu'il connaît très bien le mot.

J'ai pris conscience que l'envie de faire ces efforts était forcément un peu liée au fait d'être devenue maman. Je me souviens qu'enfant j'adorais voir ma mère apprêtée, se maquiller, se parfumer (sauf la fois où elle est venue à une réunion de parents d'élèves en robe lamée), parce qu'elle était belle, mais aussi parce que ça me donnait envie de grandir. C'est resté dans mes souvenirs, l'odeur de son rouge à lèvres qu'elle utilisait comme blush, et l'odeur de sa laque qui se fixait sur ses cols roulés. Elle avait aussi un pyjama immonde rose et gris complètement détendu, lui, j'essaye de m'en souvenir le moins possible.

Un peu plus tard, dans mon élan un peu hystérique ambiance *nouveau look pour une nouvelle vie*, je suis allée faire les magasins. J'y ai croisé cette femme sublime qui essayait un super beau manteau ceinturé. Elle s'est regardée dans la glace et a dit : « Oh ! la la, je déteste, ça fait beaucoup trop dame. » Elle avait plus de 60 ans. J'avais envie de lui dire : « Bah ouais, mais t'attends quoi ? » Elle l'a laissé à la caisse et en repartant a enfilé son blouson, une sorte de doudoune bicolore avec un truc écrit dans le dos que je n'ai pas osé lire.

Je n'ai rien acheté, mais je sais qu'en rentrant je ferai du tri.

J'ai maté la fille des réseaux sociaux

Pendant longtemps, j'ai cru que c'était une figure générique. Une sorte d'ennemie virtuelle qu'on croise uniquement sur l'onglet Explore d'Instagram. Une petite meuf bien foutue, très contente d'elle et qui se balade absolument tout le temps avec une perche à selfie. J'avais presque de la sympathie pour elle.

OK, elle nous inonde de hashtags tous plus ridicules les uns que les autres, elle est totalement impudique et la photo de son chien a plus de likes que toutes mes photos réunies, n'empêche que ça occupe bien mon temps en cas d'insomnie, de trajets en métro ou d'après-midi legging-flemme. Et puis, je me suis surprise à visiter son profil de plus en plus souvent, à mater ses stories au réveil, puis avant de me coucher… Sans avoir rien vu venir, cette meuf que je ne connaissais même pas était devenue un peu trop présente dans ma vie. C'est comme si, chaque fois qu'une journée se terminait, je devais aller prendre de ses nouvelles pour savoir ce qu'elle avait bien pu faire de si cool aujourd'hui. Il vient d'où ce pull parfait là ? Et dans quel resto on trouve des frites aussi fines ? Puis elle fait quoi comme boulot pour avoir un appart aussi grand et aussi beau ? Voilà, de fil en aiguille, je m'étais mise à être fascinée par la vie imaginaire de cette inconnue. Bon, comme il est hors de question que je me fasse piéger par « l'IMAGE », j'essaye de retrouver un minimum d'esprit critique, faut que j'arrête, je sais bien que tout ça, c'est un jeu qui consiste à montrer le meilleur de soi-même… D'ailleurs, si je voulais, moi aussi, je pourrais faire croire que ma vie ressemble à un film indé tourné à Brooklyn.

J'ai commencé en chopant le cookie qui traînait sur ma table de chevet et je l'ai photographié. La bouffe, ça marche toujours… Une photo, deux photos, trois photos, et six filtres plus tard, rien. Le cookie qui est pourtant super bon a l'air immonde. Pire, on ne comprend même pas ce que c'est. Dépitée, j'éteins mon appli et je le bouffe. Plus tard dans la soirée, j'ai pris un verre avec une copine que je n'avais pas vue depuis longtemps dans un vieux bar du quartier. C'était mon amie attachée de presse. Elle était là devant moi, mais, en vrai, elle était dans son téléphone. J'ai d'abord cru qu'elle chattait avec la nounou de son fils ou qu'elle gérait une urgence professionnelle, et puis en fait non, elle était juste en train de passer frénétiquement d'une appli à l'autre, alors que j'étais là, juste devant elle. Comme elle a fini par réaliser qu'à la base on était supposées se voir, elle m'a gentiment proposé de faire un selfie, elle a ensuite pris une photo du verre de vin, et puis une photo de la planche de fromage… Moi, je ne servais à rien.

Même si j'avoue qu'au fond je me demandais un peu combien de likes on allait avoir, j'avais clairement l'impression de perdre mon temps et de passer complètement à côté de notre apéro… Vous avez déjà essayé de tenir une conversation avec quelqu'un qui est scotché sur son portable ? Au niveau de la concentration, c'est pire qu'un coup de fil à une mère de douze enfants en bas âge… Bref, une bonne soirée de merde. Le soir en me couchant, saoulée de cette soirée ratée, je suis tombée sur son Instagram. J'ai vu notre photo et aussi la photo du verre de vin et du morceau de brie. Tout était beau et on avait l'air d'avoir passé une super-soirée #redwine #wine&cheese #frenchapero #parisiannight. Tout à coup, tout s'éclairait, sans le savoir, j'avais juste pris un verre avec la fille des réseaux sociaux.

Comme dans une pub Herta…

Je crois que j'ai fait un mini burn-out. Ou alors, j'en ai marre de Paris, ou alors les deux.

Il me semble que tout a commencé un soir dans les embouteillages sur le périph. J'étais dans un taxi qui sentait fort le gel pour cheveux, genre fixation extrême, et il faisait évidemment trop froid pour ouvrir la fenêtre. Alors pour changer d'air et m'évader un peu, je m'étais rabattue sur Instagram. Pendant que j'entendais la voix du GPS nous indiquer un millième bouchon dans 300 mètres, je regardais, blasée, les photos de tous ces gens dans une maison de campagne, au ski, à la plage…, bref, partout sauf en direction de la Porte de la Chapelle. C'est là que je tombe sur une photo d'Adélaïde et Alice dans une maison de campagne qui a l'air sublime, en train de s'enfiler du vin près d'un magnifique feu de cheminée. Je me suis évidemment précipitée pour envoyer un texto à Alice : « Sympa d'avoir proposé… »

Elle m'a immédiatement répondu : « Oh non, ma chérie, on est parties sur un coup de tête en caisse. » Texto, encore plus agaçant, pour me rappeler qu'elle a son permis de conduire, qu'elle est libre, et qu'elle peut partir sur un coup de tête, alors que, moi, je suis dans un taxi qui pue.

Elle en a envoyé un deuxième : « On est chez le nouveau mec d'Adé. »

Je ne sais pas si ce qui m'agace le plus, c'est qu'elle ait un « nouveau mec », et qu'épanouie elle doit être encore plus puante que d'habitude, ou si c'est le fait qu'elle l'appelle Adé, comme si c'était notre copine cool, alors qu'elle sait très bien que je ne peux pas la blairer. Pour moi, ça sera toujours Adélaïde.

Ce qu'elles sont irritantes.

Arrivée chez moi, j'ai continué à me faire du bien en allumant les chaînes d'info en continu et en matant Twitter, puis Facebook, puis Twitter, puis Facebook… J'ai fini par m'endormir la tête remplie d'images, de hashtags, de phares, de sons de klaxon, de sondages, de chiffres, d'avis, de débats… Mais j'ai fini par m'endormir. Quelques heures plus tard, je suis réveillée par un texto. Il doit être 5 h 25 du matin, au plus tard, et, du coup, ça m'inquiète un peu. Je me dis que je fais vraiment bien de ne pas éteindre mon téléphone quand je dors : quelqu'un doit être en galère. Un peu angoissée, je chope mon portable et découvre que je suis simplement invitée à une vente privée exclusive d'une boutique que je ne connais même pas.

J'aimerais savoir qui est responsable de l'heure d'envoi de ce genre de textos. Je jette mon portable, je me rallonge et je me relève parce que j'ai peur d'avoir pété mon portable en le jetant. Je me rallonge à nouveau, je me rendors, et dix minutes plus tard, je reçois le même texto. Plusieurs choses me passent alors par la tête : je vais péter cette boutique ; je vais mener une enquête pour trouver le centre d'envoi de SMS ; je vais balancer mon portable par la fenêtre ; je vais balancer mon portable, ma télé et mon ordi par la fenêtre…

Finalement, je décide de pousser un cri, de rallumer mon ordi et de chercher sur Google : « maison de campagne isolée ».

Je réveille évidemment mon mec qui est d'hyper mauvaise humeur. On peut le comprendre. Il prend une grosse voix pour me demander ce que je suis en train de faire, et je chuchote : « Tu te rends compte qu'Alice et Adélaïde sont à la campagne. »

Il me dit qu'avec le bordel que je fous depuis tout à l'heure ce n'est pas la peine de chuchoter et il se rendort en boule dans son coin en me demandant de me calmer.

Du coup, bah, ça m'énerve, alors je le relance :

« OK, d'accord, je te propose d'aller à la campagne et, toi, tu m'envoies chier.

— Tu ne me proposes pas d'aller à la campagne, tu me réveilles à 5 h 30 du mat' pour me dire que tes copines y sont !

— Ma copine !! Ma copine. Adélaïde, je ne peux pas la voir.

— Bon, écoute, dors, éteins tous tes trucs, là ! »

C'est vrai que je pourrais éteindre tous mes appareils et me mettre au calme, mais je sens que j'ai besoin d'un cadre, de nature, pour faire une vraie coupure. Et il faut bien avouer que, quand on ne capte pas le WiFi, la 3G, tout ça, ça aide un peu à couper.

Pendant mon insomnie, je me souviens que j'ai toujours eu ce désir très fort de campagne tout en étant incapable de vivre ailleurs qu'à Paris.

Petite, j'enviais celles qui avaient une maison de famille pour s'y échapper le week-end. Je les voyais y aller à reculons, suppliant leurs parents de pouvoir rester à Paris avec les potes, et moi, je ne comprenais pas. Oui, c'est vrai, on faisait le mur pour aller au Back Up, à L'Enfer ou aux Planches, mais le dimanche matin, dans l'appartement avec vue sur tous les immeubles architecture 70's, c'était quand même le cafard total.

J'allumais la télé et, entre une série et un JT, je tombais sur une pub Herta qui ne faisait que me conforter dans l'idée que ce dont j'avais vraiment besoin, c'était du *goût des choses simples*. Alors à défaut de fabriquer un petit moulin au bord d'un ruisseau, j'allais me faire cuire un œuf (à la coque).

J'ai continué à vivre ma vie en fantasmant la campagne, sans vraiment la connaître. Adolescente, j'ai été invitée une ou deux fois dans la Sarthe, mais au dernier moment, j'ai toujours planté mes amies, sans pouvoir me l'expliquer. Peut-être par peur d'être déçue. J'avais des images et des rêves tellement grands… Je me souviens qu'une fois j'avais demandé à mon amie de CM1, Clémentine, si elle croisait des petits animaux dans son jardin, elle m'avait répondu que non, à part parfois des araignées dans les placards. Pas du tout ce que j'avais imaginé.

Plus tard, adulte, j'ai profité des baraques de certains potes qui y allaient, mais toujours un peu à reculons : « La maison est froide, faudra la chauffer, dehors y a la brume, et puis, y a rien à faire. »

Plus ça les plombait, plus ça me donnait envie.

J'ai terminé ma courte nuit en rêvant à la nature, et après de petites excuses, j'ai réussi à convaincre mon mec de partir.

Quelques jours plus tard, nous voilà donc enfin dans la nature en famille !

On est entrés dans une maison glaciale. Parfaitement glaciale. Mon mec a dit « Je vais chercher du bois », et son visage s'est immédiatement transformé en celui de Charles Ingalls. C'était formidable.

À nous le calme, à nous l'air pur !

Bon, sur le coup, je ne peux pas cacher que mon premier réflexe est de tendre le bras pour capter du réseau. Et mon deuxième de prendre une photo pour la poster. Mais non, je me contrôle, je me raisonne, je ne veux pas faire partie de cette catégorie de gens qu'on croise souvent à des concerts et qui préfèrent filmer leur vie plutôt que la vivre. Alors en route pour l'aventure (avec Banga !). C'est parti pour apprécier des choses simples – même si au fond j'aimerais bien juste faire savoir à l'autre conne que, moi aussi, j'ai une vie cool, mais c'est pas grave, je me détache, je me calme.

Je me sépare donc de mon portable et on part pour une balade en forêt en famille. Je nous trouve vraiment tous adorables, surtout mon fils et moi avec nos bottes de pluie. Il fait un froid sec, qui ne nécessite absolument pas le port de bottes, si froid, que j'ai l'impression que ça a l'effet d'un aspirateur à pollution et à connexion. Fini les hashtags, fini les bouchons du périph, fini le jingle de BFM TV… Je ne pense plus à rien. Au bout de quelques minutes, je me rends juste compte que j'ai un petit air de flûte dans la tête. C'est en shootant dans un bout de bois que je réalise que cette musique est celle de la pub Herta… Bon, on reste calme, la nature ne peut pas non plus aspirer tous mes souvenirs.

Plus tard, en rentrant au chaud, on s'est allumé un feu de cheminée. Enfin, mon mec a allumé un feu de cheminée. Moi, généralement, j'ai le poste de celle qui dit qu'il faut rajouter une bûche, que ça va s'éteindre bientôt, que ça fume quand même beaucoup, que c'est beau, que ça sent bon, que c'est pas dangereux si ça reste allumé toute la nuit ?

J'étais tellement gelée, j'ai mis trois heures et demie à retirer mon manteau. C'était bon. Quand la maison s'est enfin réchauffée, j'étais rouge écarlate, deux tranches de saucisson à la place des pommettes. Je me suis regardée dans la glace et je me suis tout de suite fait penser aux personnages dans les dessins animés de mon enfance. Ahhh, mais ça devait faire référence à ça, les deux ronds roses qui étaient dessinés sur leurs joues… L'air de la campagne !

Avant d'aller au lit, on est entrés dans les chambres : dans les placards, il y avait des Cluedo et des Monopoly tout fripés et plein de vieux bouquins, de la comtesse de Ségur, des Fantômette, *La Chèvre de Monsieur Seguin* que j'ai lu à mon fils : « Ah Gringoire qu'elle était jolie la chèvre »… « Gringoire », ce nom me disait quelque chose, j'avais dû le lire il y a peut-être vingt-cinq ans et j'avais déjà trouvé ça chelou. Lui aussi a trouvé ça bizarre comme nom.

J'ai inhalé très fort les pages : « Mhmmmm, ça sent la campagne ! » Si Thibault avait été avec nous, il aurait senti à son tour et rétorqué : « Bah non, ça sent le livre » ; mon fils a reniflé, circonspect : « Ça sent quelque chose de vieux, comme un peu du pourri. » Moi, j'étais ravie, ça sentait exactement comme dans la maison du petit garçon de la pub Herta, avant que l'odeur soit couverte par la tarte aux pommes qu'allait cuire sa mère.

… Qui aurait mal tourné

On était toujours à la campagne et, de niaiseries en niaiseries, on a tous filé au lit, et ce qui devait arriver arriva.

J'ai entendu un bruit. Un bruit en pleine nuit.

Ça s'est passé aux environs d'1 h 40, je me suis réveillée en sursaut dans mon lit et j'ai tout de suite allumé la lumière d'un coup, très vite, pour surprendre l'éventuel monstre qui squatterait dans notre chambre et l'empêcher de se cacher.

J'allume partout, je regarde rapidement aux quatre coins de la pièce et rien. Personne. À part mon mec excédé qui me demande si on peut savoir ce qu'il m'arrive, encore ! Je lui fais signe de ne pas faire un bruit.

Pendant qu'il m'observe comme si j'étais hystérique, de mon côté, j'essaye de me raisonner, c'était quoi ce gros bruit que j'ai entendu ? Si ça se trouve, c'était rien ? Si ça se trouve, c'était juste un bruit de maison genre un frigo ou une chaudière ?

Ou si ça se trouve, c'était un bruit dans mon rêve !

Ou alors, c'est un bruit de maison qui est venu se mêler à mon rêve, genre la chaudière qui a démarré et qui, dans le rêve, est devenu le souffle du monstre ? Mais est-ce qu'il y a une chaudière dans cette maison ?

Bon, la meilleure solution dans ces cas-là, c'est de vérifier par soi-même. Je me pose donc en tailleur sur mon lit, immobile, j'arrête presque de respirer pour me concentrer sur les sons extérieurs et j'attends.

Mon mec commence à perdre patience, me demande ce que je fabrique. Comme il est tard, que je suis en tailleur et extrêmement concentrée, je décide de lui faire croire que je suis en train de méditer.

« À cette heure-ci ?

— Bah oui, pourquoi pas ? Il ne faut pas s'empêcher quoi que ce soit, la méditation, c'est aussi la liberté... »

Je continue à dire deux, trois conneries – c'est marrant, j'ai l'impression d'être habitée par une sorte de correcteur automatique qui transforme mes mots en mensonges. Une sorte de convertisseur en mytho, c'est très étrange et à la fois très naturel. Il faut dire que je n'ai aucune envie d'avouer que j'ai peur et que j'ai entendu un monstre, sinon je vais encore passer pour le cliché de la Parisienne qui fantasme la vie à la campagne, mais qui se fait un épisode mental de « Faites entrer l'accusé » dès qu'elle entend un truc grincer.

Au bout d'une quinzaine de minutes, fatiguée et à moitié en apnée, je décide de me recoucher, et c'est à ce moment-là, quand je suis sur le point de tout éteindre, juste en m'allongeant, prête à essayer de me rendormir, que j'ai croisé le regard du rideau.

Alors on pourrait juste dire « le rideau », plutôt que le regard du rideau, sauf que, là, avec la lumière et l'ombre juste derrière et le petit pli qu'il prenait et aussi à cause de ma myopie, le rideau avait des sortes d'yeux. Deux petits yeux qui me regardent fixement, mais qui ne me font pas peur.

Quand ce genre de choses m'arrivent, je ne panique pas, j'ai l'habitude. J'ai souvent pu voir des formes de visages dans les champignons de ma pizza Reine, ou des profils d'hommes qui ouvrent grande la bouche dans des ombres de portemanteaux, ou plus classiquement des animaux dans des nuages.

En réalité, j'ai toujours été une grande fan de Téléchat – donc les objets qui ont un nez, une bouche, tout ça, je trouve ça plutôt sympathique.

Non, le truc qui me dérange, c'est plutôt que j'ai l'impression que le rideau m'appelle à lui, comme une sorte de signe, pour me dire « Regarde-moi, il y a quelqu'un caché derrière moi ».

Ça me fatigue, ces histoires de signes ! Ça me fatigue, cette irrationalité !! Autant avoir quelques hallucinations de temps en temps, je trouve ça mignon, autant quand tout devient signes et superstitions, c'est épuisant !

J'ai envie d'être une adulte ! D'être une meuf qui peut partir à la campagne sans flipper de tout et qui au pire, si elle flippe, peut s'enfuir avec sa bagnole, pas cette espèce de meuf de 35 ans qui espère conjurer le sort en fixant une tête imaginaire !

Je me retrouve à repenser à mon psy qui, à une époque, m'avait dit de ne pas confondre l'intuition et l'angoisse. C'est le conseil le plus intelligent qu'il m'ait donné en quinze ans.

Voilà, je suis juste angoissée. Il faut que je dorme et ça va passer. Et puis, demain, on rentre à Paris.

La vie parisienne

On est rentrés à Paris, et j'ai fait exprès de ne pas laver mon gros pull qui sent le feu de bois pour le sniffer toute la semaine prochaine si j'ai des petits coups de mou, ça sera toujours moins cher qu'une bougie Dyptique.

Chaque fois que je rentre à Paris, j'ai l'impression d'être la directrice de l'office du tourisme de mon quartier, il suffit qu'on quitte le périph pour que je répète en boucle comme si je faisais du porte-à-porte ou que j'essayais de convaincre quelqu'un : « Qu'est-ce que c'est pratique ! Regarde, il y a des petits commerces de bouche partout !! »

Les « petits commerces de bouche », c'est le nom qu'on donne à de petites boutiques toutes mignonnes où de beaux mecs barbus te vendent les mêmes produits qu'ailleurs, mais trois fois plus cher ! C'est super.

Il y en a de plus en plus dans mon quartier, ça, et des petits cafés vite fait américains, qui te donnent l'impression de vivre la vie de Carrie Bradshaw, juste parce que t'as pris un café à emporter.

Les gens qui les gèrent sont toujours hyper beaux, hyper lookés, d'ailleurs, je trouve ça assez désagréable cette sensation d'être la plouc de la Fashion Week juste en allant acheter un petit morceau de morbier, mais bon, j'imagine que c'est l'époque qui veut ça. Ce truc où tout doit être super esthétique, comme s'il y avait une sorte de label qualité : Tant que ça se poste, c'est que ça passe…

Je pense même que c'est une demande faite en amont par les archis d'intérieur de ces lieux, qui doivent donner des consignes du genre :

« Il faut que les gens aient envie de se prendre en photo à l'intérieur.

— Est-ce qu'il faut aussi qu'ils s'y sentent bien ?

— Non, juste qu'ils aient envie de se prendre en photo, je vous dis ! Et n'oubliez pas les soliflores pour le chardon séché !! »

Comme ça, après, les clients postent, en précisant la localisation, et c'est à cause de ça que maintenant, chaque fois qu'on cherche un lieu sur Instagram, et ça quel que soit le lieu, on tombe systématiquement sur un catalogue de meufs injectées qui portent des vêtements minuscules et qui ont des pommettes extrêmement hydratées. #glow

Elles sont partout.

Mon caviste fait un peu partie de ce cliché des nouveaux commerçants à la cool, qui fleurissent dans les nouveaux commerces de bouche. Déjà, comme tous les cavistes parisiens, il est en pleine reconversion professionnelle. En gros, c'est un gars qui bossait en agence de com et puis il a fait un burn-out, du coup, il a ouvert sa petite cave à vins, où il vend des produits de viticulteurs qu'il connaît bien. Son truc, c'est le vin nature et la biodynamie, et pour une raison que j'ignore, il adore vendre des vins improbables. En gros, tu voulais une bouteille d'un vin rouge classique, pour un plateau de fromages, et tu vas repartir avec un petit vin blanc pétillant hongrois, alors que tu détestes le blanc, mais comme il t'a fait tout un speech sur les sulfites, les nouveaux accords mets et vin, et que t'as aucune envie de le relancer sur une heure de monologue, tu payes.

Il vend aussi une ou deux saucisses sèches, et quelques terrines, et il les vend comme si c'était son meilleur pote qui les avait

ON PART LÀ DESSUS ?

fabriquées. Elles ont toutes des noms : la saucisse de chez Joël Noyeau, la terrine de chez Michel Ponsu…

Moi, je n'ai aucune idée de qui sont ces gens, mais, chaque fois, je me dis : « OK, bah, si c'est Michel, je vais en prendre une petite. »

Tout ça encore à cause de cette sale capacité à me faire des films sur la vie des gens à partir de rien, comme si Michel vivait dans un dessin animé et que c'était quelqu'un de très bien, alors que si ça se trouve, ce Michel Ponsu, il vaut pas mieux que William Saurin !

En fait, c'est une technique vieille comme le monde, de nous faire croire que c'est super parce que ça porte un petit nom : William Saurin, Comtesse du Barry… Ils ont l'air super ces gens-là. Il doit y avoir quelque chose de rassurant là-dedans, à incarner un produit… C'est sans doute comme ces gens qui donnent des prénoms d'humain à leurs chiens, comme si ça les rendait plus proches d'eux.

Alice, par exemple, elle a appelé son chien Pierre, elle l'a justifié n'importe comment : « Les enfants voulaient l'appeler Caramel ou Calin, mais bon, c'était l'année des P alors on a choisi Pierre. » « On a choisi », « on », GENRE !!

Genre, les enfants se sont dit : « Oh oui, c'est super Pierre ! »

C'est faux, à tous les coups, ils ont proposé Pimprenelle, Peluche ou Prout et, elle, elle a imposé Pierre.

C'est assez bizarre à dire, parce que je pense qu'Alice est, de loin, une des personnes les plus équilibrées que je connaisse, du moins en apparence. N'empêche, chaque fois qu'elle s'adresse à son chien en lui disant : « Pierre, couché ! », j'ai envie de lui filer la carte de mon psy.

Bienvenue dans ma maison de retraite

Le soir, une cousine de mon mec de passage à Paris venait nous rendre visite. Je dois avouer que j'adore recevoir, je le vis vraiment comme l'occasion de faire un grand ménage et de mettre un peu en scène mon appart comme si je vivais dans un épisode de *La Maison France 5*, sans les meubles design, sans les moulures, et sans cette petite statue rapportée d'un voyage formidable en Inde…

Bon, en gros j'ai rangé mon énorme bordel, j'ai fait tourner le lave-vaisselle, j'ai mis mon pull au feu de bois dans le panier à linge sale, un chardon séché dans un soliflore et j'ai allumé ma bougie Dyptique.

On était en train de prendre l'apéro tranquilles quand, tout à coup, elle m'a demandé dans quel endroit je lui conseillais d'aller danser.

J'ai mis un petit moment à comprendre la question. Elle ne peut pas danser chez elle, comme tout le monde ?

La réalité, c'est que je n'ai jamais beaucoup aimé sortir. Disons plutôt que je fais partie de ces Parisiennes qui se sont défoulées beaucoup trop tôt en expérimentant L'Enfer ou Les Planches à 15 ans… Résultat, si on fait le calcul, ça fait plus de la moitié de ma vie que je n'ai pas mis un pied dans une boîte de nuit…

J'ai commencé à contourner la question, à lui dire que c'était difficile de lui répondre, que, moi, j'aimais surtout danser chez des gens, que je préférais les fêtes en appartement, mais bon, comme elle ne connaissait personne à Paris, que je ne comptais pas lui organiser une soirée chez moi et qu'elle était là avec trois copines, il lui fallait un lieu.

« Mais toi, t'irais où ?

— Oh, tu sais, moi, je me ferais un resto. Il y a en plein de super ici...

— Non mais, après le resto ?! »

Ben, après le resto, tu digères ! j'ai pensé. Non mais, sérieusement, qui a encore la force de sortir après un resto ? Elle ne connaît pas le fameux coup de barre de digestion ? Mais je n'ai rien dit, j'ai fait semblant de réfléchir, alors que je n'en avais aucune idée mais, plutôt que de tout avouer, j'ai essayé de jouer à la meuf pointue et sélective à base de phrases du genre : « Tu cherches un lieu plutôt électro, lounge feutré... ? Ah, attends, je crois qu'un designer berlinois s'est occupé de la déco d'un lieu super... »

Je ne comprenais absolument rien à ce que j'étais en train de dire. Et pendant qu'elle me répondait, moi, je tapais sur Google, sans qu'elle le voie : « boîte branchée Paris ». En faisant ma recherche, je me demandais même si j'utilisais encore les bons mots. Ma mère disait discothèque, après on a dit boîte de nuit, puis boîte tout court, si ça se trouve aujourd'hui, on dit complètement autre chose ? Un club ? Mais oui, on dit club, non ? J'en savais rien, je me sentais comme Françoise Beretton à qui Vic dirait : « Boum, pas surboum ! » Et puis, j'ai finalement décidé d'assumer. Bon, aussi parce que, pendant ma petite recherche, elle était tombée sur ma bouillotte.

« Tu utilises ça, toi ?

— Oui, je suis vieille et frileuse ! Et si tu veux que je te dise toute la vérité, je ne connais plus aucun endroit où danser à Paris ! »

Elle a terminé la saucisse sèche et elle est partie rejoindre ses copines, je ne sais pas où, sur les coups de minuit.

En partant, elle m'a dit : « Et merci pour l'apéro, c'était hyper bon ! »

Ça m'a permis de glisser : « Ah t'aimes ? ça vient de chez Joël Noyeau. »

Moi, j'ai refait chauffer de l'eau pour ma tisane et pour ma bouillotte. Quand je me suis mise sous ma couette au chaud, j'ai poussé un petit râle de satisfaction : « Ahhh, qu'est-ce que j'aime mon lit ! »

J'ai pris mon téléphone pour la mater sur Instagram, voir des photos d'elle dans cette boîte un samedi soir depuis mon lit m'a fait le même effet qu'être à l'abri dans un appart quand il pleut des trombes d'eau dehors. J'ai bu ma camomille en pensant à toutes ces clopes que je n'allais pas regretter demain.

Je me suis sentie saine. Un peu vieille et chiante aussi, mais surtout saine.

Il est loin le temps de l'odeur de tabac froid et de la saucisse qui s'appelle Justin Bridoux.

T'avais qu'à demander

J'ai fait la gueule. Ce n'était pas arrivé depuis une éternité, peut-être même que ça date du collège. À l'époque, je résolvais absolument chacune de mes petites contrariétés soit en claquant des portes, soit en faisant la gueule.

Je me souviens même qu'à l'époque on le formulait clairement, on préparait son adversaire à ce qu'il allait vivre. Rita débarquait en cours avec le même pendentif Agatha que moi, elle écrivait un mot dans le cahier de textes de quelqu'un d'autre ou envoyait un petit cœur sur une boulette de papier à David, et paf ! son sort était réglé : j'te fais la gueule. En vieillissant j'ai arrêté de faire ça.

Non pas parce que ma maturité m'a appris que bouder, c'était mal, mais plutôt parce que j'ai pris goût à faire de longs monologues et à m'écouter parler. On a déjà essayé de me faire taire pendant des engueulades amoureuses, à base de : « Tu ne veux pas qu'on laisse ça décanter et qu'on en reparle demain ? » Mais non, ça ne marche pas, la plupart du temps je veux qu'on en parle maintenant (et si possible très longtemps).

Généralement, quand je sens que je tourne en rond, je reprends tout depuis le début, mais avec une intensité de plus, c'est comme si je pouvais répéter dix fois la même chose, mais qu'au fur et à mesure que passe l'heure où je le répète mon problème devenait de plus en plus grave.

En gros, à 20 heures, je n'ai pas trop aimé comment il m'a parlé, à 22 heures, je me suis sentie humiliée et rejetée, et à minuit, je décide de remettre en cause l'intégralité de cette relation, parce qu'il est hors de question que je sois traitée comme une merde.

A priori, c'est là qu'opère le tournant de l'engueulade, mon mec décide que je vais beaucoup trop loin et qu'il va dormir, et moi, je décide que de toute façon il peut dormir, puisque je n'ai aucun problème à parler toute seule.

Et puis l'autre soir, j'en ai eu marre. Je savais très bien ce qui m'avait gênée, mais m'imaginer l'expliquer me fatiguait d'avance. J'avais bien pensé à essayer d'être plus mesurée, à exprimer mon problème d'une manière concise et à ne pas revenir dessus, mais dire les choses simplement et passer à autre chose, vraiment, ce n'est pas mon truc.

Alors, je me suis tue et j'ai réfléchi à ça. J'ai gardé ma petite souffrance à l'intérieur et je me suis rendu compte que très vite elle disparaissait. J'étais sur mon ordi en train de me demander quelle serait la meilleure façon de dire ce qui m'avait blessée, quand je me suis surprise à regarder la matière des plaids de la dernière collection d'AM PM sans ressentir le moindre chagrin. Ça m'étonnait cette façon d'avoir guéri direct. Tout à coup, je me demandais si tous mes problèmes n'étaient pas comme des mini-haricots rouges dans du coton que j'avais fait moi-même grandir sous mes flots de paroles.

Est-ce que ce n'était pas moi qui me fabriquais de petites souffrances de toutes pièces juste pour vibrer un peu ? Non, non, non. Impossible. Ça aussi, c'est typiquement moi, de passer du tout au tout. Il est hors de question que j'endosse l'entière responsabilité de toutes mes disputes passées. Si je me suis engueulée à des moments, c'est bien que j'ai ressenti des choses. Pendant que je me faisais mes propres questions/réponses en me croyant sur le divan de Marc-Olivier Fogiel, j'ai été interrompue :

« Tout va bien ? T'as l'air préoccupée. »

J'ai hésité à parler de l'épisode qui m'avait vexée, à refaire toute ma bio, mon monologue, l'histoire de mes névroses, et puis j'ai eu la flemme et, surtout, j'avais oublié ce qui m'avait dérangée.

Du coup, par principe, j'ai fait la gueule, j'ai dit « Non, non, ça va » sur le ton de « Ça ne va pas du tout », comme au collège, juste cinq minutes.

Après, je dois reconnaître que plus le temps passe, plus je trouve ça compliqué de m'engueuler avec mon mec. J'oscille en permanence entre tout est de ma faute et tout est de sa faute. Certaines personnes estimeraient que je n'ai aucune nuance et que je suis trop manichéenne ; moi, j'expliquerais plutôt ça par un manque de confiance total en ce que je ressens, je ne sais jamais si j'ai inventé, exagéré, si je suis hystérique ou légitime.

Il faut dire que le problème vient sans doute du fait que je m'exprime avec un petit décalage, une sorte de décalage horaire affecté aux sentiments. En gros, quand lui pense que tout va bien, moi, je pense encore au ton qu'il a eu le trimestre dernier quand il m'a mal parlé. Traduire mal parlé par : sans mots doux et sans me regarder.

On en parlait avec Adélaïde et Alice, pendant un dîner de meufs (un dîner de meufs, c'est ce que j'appelle un dîner où on se plaint rapidement des hommes qui nous entourent pour ensuite prendre le temps de parler de tout le reste), et Adélaïde, la grande théoricienne de l'époque, pense que tout ça, c'est à cause de la charge mentale. Au départ, quand elle m'a parlé de charge mentale, j'ai évidemment levé les yeux au ciel, pas tellement parce que je pensais qu'elle disait des conneries, mais plutôt par esprit de contradiction. Je me suis construit une sorte de réflexe interne où, quoi qu'elle dise, je trouve ça con. Et même s'il fallait défendre que la Terre est plate, je le ferais, pourvu qu'on ne soit pas d'accord.

Et puis l'autre soir, il s'est passé un truc et je dois avouer que cette histoire de charge mentale a légèrement fait écho en moi.

J'appelle mon mec au téléphone et j'étais là : « Allô, ouais, ça va ? »

Il avait une petite voix, il parlait tout doucement... Donc, je m'en inquiète, j'insiste, j'étais là : « Ça va ? t'as une petite voix, t'es sûr que ça va ? Tu parles tout doucement, je te dérange ? »

Et là, il me répond : « Non, ça va, mais je travaille là. »

Ça m'a rendue folle. On aurait pu croire que c'était parce qu'il m'avait mal parlé (sans me regarder, OK on est au téléphone mais même, et sans mots doux), mais même pas, c'était autre chose, ce ton, ce « je travaille », là.

J'étais là : Et alors ? Moi aussi, je travaille, tu crois que je fais quoi, là, moi ? Bah, je travaille ! Sauf que je peux travailler, t'appeler, penser aux vacances, au prochain resto, à la porte qu'on n'a toujours pas réparée, à ce qu'on va bouffer ce soir et à ce qu'il se passe à l'école.

« Je travaille. » Non mais il est dingue, lui.

J'ai raccroché j'étais furieuse !! J'étais là, le mec est tranquille au taf, il ne fait que bosser. Il ne fout rien, en fait !

Le soir, à l'appart, je lui explique que c'est insupportable, que j'ai mille choses à gérer qu'il ne soupçonne pas, que je suis à bout, que j'ai même pris un abonnement dans une salle de sport, c'est dire, et, là, il me répond quoi ? « Bah, je pouvais pas deviner, il fallait me demander si t'avais besoin de quelque chose. »

Il s'est fait défoncer.

IL FALLAIT DEMANDER !!! Donc, en plus, c'est de ma faute ?? C'est à moi de penser au fait qu'il faut que je te fasse penser de penser à moi ??

J'en peux plus de ces logiques, « je pouvais pas deviner », « je suis pas devin », bah non, t'es pas devin, mais t'es pas con non plus il me semble, si ? C'est comme « je vais le faire, je vais le faire », j'en peux plus de *je vais le faire,* mais fais-le putain !

Mon mec a hyper peur maintenant, je le sens, il n'ose plus rien dire.

D'ailleurs, souvent, il est là : « Bah, si c'est comme ça, je dirai plus rien. »

L'autre jour, il est arrivé comme ça, tout penaud, il tremblait presque, il me lance : « On a quelque chose à manger ou il faut faire les courses ? »

Il s'est fait défoncer.

J'étais là : « Bah, tu ouvres le frigo, tu regardes s'il y a quelque chose à manger et, ensuite, tu prends une décision !! »

Non mais, ça va, j'en ai marre de savoir mieux que lui.

Et il était là (avec sa voix tremblante de grand-mère) : « Mais y a un truc que tu veux manger en particulier ? un truc qui te ferait plaisir ? »

Ce qui me ferait plaisir, c'est que tu arrêtes de me poser des questions et que tu fermes ta petite gueule !!

Mais franchement, à côté de ça, on s'adore. Enfin, moi, je l'adore. Lui, j'en sais rien, puisqu'il ne dit plus rien.

Le pire, c'est que le mec va se motiver, que dans trois jours, il me fera une surprise, il rentrera à la maison fier de lui avec une escalope de veau qu'il sera en train d'éclater contre la planche – là, vous voyez ce plaisir qu'ont les mecs, à éclater l'escalope de veau contre la planche, on sent que c'est toute leur envie de faire un sport de combat sans la peur de se faire péter le nez qui ressort, et jpaaaaa…

Et moi, je serai là : « C'est quoi cette merde ? T'aurais pu demander. Tu sais très bien que je mange plus de viande. Le burger, ça compte pas, je mange plus d'animaux *enfants.* »

Si ça, c'est pas le stade zéro du végétarisme.

J'en connais plein comme ça : « Je mange plus d'animaux bébés, donc plus de veau, plus d'agneau, et plus de lapin non plus, parce qu'ils sont mignons aussi, les lapins. »

Ouais, alors que le gros cochon qui est immonde, lui, ça passe, on peut le tuer, on s'en fout, c'est ça ?

De toute façon, ça aussi, c'est très parisien, tout le monde fait son coming out végé.

Chaque fois qu'on s'enfile une côte de bœuf à un dîner, chacun se justifie : « Bah, nous, on cuisine plus de viande chez nous ! Vous en faites, vous, de la viande ? Nous, on n'en cuisine plus. Parfois, on achète du jambon, et encore, mais, franchement, on n'en cuisine plus. »

Adélaïde, elle est carrément flexitarienne. Elle a cette faculté de nommer le vide et le rien, c'est fou. C'est pour ça qu'elle se sent si à l'aise dans le monde, celle-là.

Elle était là : « En gros, on a fortement réduit notre consommation de viande sans pour autant être devenus végétariens. »

Ouais, en gros, t'es rien du tout, t'es juste comme tout le monde. Donc, maintenant, il y a des mots qui sont créés pour éviter le « presque ». Et, moi, je suis flexiconne. Ça veut dire que, globalement, je suis conne, mais une fois par mois, j'essaye de ne pas l'être.

Bref pour revenir à mon couple, parfois je tente de rééquilibrer les choses, je me dis que mon mec a raison et que, peut-être, en effet, il faut savoir lui demander des choses plutôt que d'espérer que ça vienne de lui-même, vu qu'il « peut pas deviner »…

Alors, il y a quelques semaines, j'ai essayé. Je suis venue et j'ai partagé avec lui un truc qui me pesait : « Je ne sais pas si, pour Noël, en fait, c'est mieux de partir, de faire un truc juste entre nous, ou d'inviter toute la famille. »

Il m'a répondu : « Oh, bah, on a le temps de voir.

— Hein ? Non, mais on peut en parler maintenant, t'en penses quoi, toi ?

— J'sais pas, on y réfléchira au moment voulu. »

Au moment voulu ?? Au moment voulu par qui ? Une bonne fois pour toutes, dites plutôt : au moment où j'veux !! Parce que, moi, je veux que ce soit maintenant, le moment. Maintenant, là, je veux qu'on réfléchisse. C'est quoi ce fameux moment voulu ? C'est insupportable.

C'est comme « en temps et en heure ». Qui sont ces gens qui ont créé « au moment voulu » et « en temps et en heure », pour te faire passer pour une putain d'hystérique impatiente ? Bah, ce sont des gros connards, qui ont voulu nous faire croire qu'il y avait une frise temporelle genre avec le passé, le présent, le futur, avant Jésus-Christ, après Jésus-Christ, au moment voulu et en temps et en heure.

Alors qu'en temps et en heure, ça veut juste dire : quand ça m'arrange, quand ça ne me fera pas chier. Les gens qui l'emploient savent très bien ce que ça veut dire ! Ils le savent très bien !

Jamais au bureau ton boss demande : « Michel, vous me ferez la projection du chiffre d'affaires sur les deux prochains trimestres.

— Oh, on verra ça en temps et en heure, patron. »

Jamais !!

Enfin, ça ne sert à rien de s'énerver toute seule pour le moment, on en fera un sujet pour notre prochain dîner de meufs, en temps voulu.

Je veux l'esprit de Noël

Même si je ne sais pas vraiment ce que c'est, après ce n'est pas la première fois que je désire quelque chose sans vraiment pouvoir le définir. Je sens que j'ai envie qu'il se passe quelque chose, je sens que j'ai envie d'un truc, mais dire quoi exactement, c'est encore un autre problème. Dans ma tête, l'esprit de Noël, c'est des odeurs d'oranges, des bonshommes en pain d'épices, beaucoup de nourriture et des lumières qui clignotent partout. Quand je sens qu'une guirlande lumineuse et qu'une bougie parfumée ne suffisent pas, je me documente dans *Love Actually* et je cherche à piocher dans le film des éléments qui manquent à ma vie. Le sapin de Karen, ou un beau mec qui sonne à la porte avec une pancarte disant « To me you are perfect », ça, ça serait chouette.

De toute façon, j'ai toujours beaucoup trop fantasmé sur cette partie de l'année, sans jamais pouvoir mettre la réalité à la hauteur de mes rêves.

Alors cette année, je me suis dit stop à la rêverie, passons du côté pratique. Tu veux l'esprit de Noël ?, bah, essaye déjà de comprendre ce que c'est. J'ai tapé « esprit de Noël » sur Google (Google ma réponse à tout quand j'ai décidé de ne plus vouloir réfléchir par moi-même) et je suis tombée sur cet article qui dit que l'origine de « l'esprit de Noël » est attribuée à Charles Dickens et à ses célèbres *Contes de Noël*... « Dans ces contes, l'esprit de Noël est un mélange de charité, de bonheur familial, d'harmonie sociale, de solidarité... »

Plus loin dans l'article, je lis que la manière dont on ressent Noël dépend aussi de nos relations familiales et de nos souvenirs d'enfance.

OK, donc, moi, je voulais juste me documenter un peu et, là, j'ai l'impression de me retrouver en analyse. C'est quand même beaucoup de pression tout ça, en plus on a tous des souvenirs d'engueulades de famille à Noël, non ?

Ça m'a fait penser à ce fameux Noël 1997, où un pigeon s'était introduit dans notre appart, avait pété toutes les flûtes à champagne et chié sur la bûche. Ma mère avait fait une crise de nerfs, parce que les pompiers avaient refusé de venir, lui expliquant qu'ils étaient pompiers et « pas chasseurs de pigeons ».

Un peu plus tard, avec Alice on est allés au café américain à côté de la maison, je lui ai posé la question sur les fêtes et la pression familiale, elle m'a répondu : « Bah non, chez nous, c'est toujours joyeux, parfois on débat, on n'est pas d'accord, mais c'est toujours dans la bonne humeur. Papa s'occupe du feu, Maman fait beaucoup trop à manger, on est une quinzaine, on se réunit tous autour du sapin, et on mange de midi à 17 heures. » Le rêve : si le père d'Alice avait été pasteur, on se serait presque cru dans *Sept à la maison.*

Pendant qu'elle continuait à me raconter tout ça en mangeant ses œufs brouillés « pas trop baveux », sinon ça la dégoûte, moi, j'imaginais une table de fête débordant de nourriture, de gâteaux, de bûches, et j'avoue j'ai assez envie de m'incruster chez ses parents. Ça se voit, chez elle, c'est vraiment l'esprit de Noël.

Je me fais aussi la réflexion qu'elle fait partie de ces adultes qui appellent encore leurs parents « papa, maman » quand ils parlent d'eux. Moi, j'ai toujours dit « ma mère ». Quand je l'entends dire « maman », tout paraît douillet, c'est comme si elle n'était jamais passée au stade où ses parents étaient juste devenus

des individus comme les autres. Je me dis aussi que suivant sa logique, elle aurait mieux fait d'appeler son chien « le chien ».

On se quitte et, à cause d'elle, j'ai une chanson dans la tête : *Maman est en haut Qui fait du gâteau Papa est en bas Qui fait du chocolat…*

Après avoir dévalisé absolument tous les Monop, Hema et petits bazars de Paris de décos et de chocolats, j'inonde mon appart de guirlandes lumineuses, de nappes étoilées, de couronnes de Noël et de fausse neige aux fenêtres. J'ai même collé un portrait ultra moche d'un vieux Père Noël rouge et doré qui a l'air bourré. J'aime bien quand ils ont l'air ivres, ça fait plus authentique.

Le soir, mon mec et mon fils rentrent de week-end, je les attends impatiemment avec ma surprise en legging vert et tee-shirt rouge parce que, pour l'instant, je n'ai pas trouvé mieux comme tenue de pré-fête.

Enfin ils débarquent :

« Ouh la, c'est un peu beaucoup, non ? dit mon mec.

— Waaaaaaaaaaouuuuu, c'est beau, Maman ! »

Voilà. On l'a, l'esprit de Noël !

Petits mensonges en famille

Le lendemain on a fait notre liste au Père Noël !

Avant, je laissais traîner des Post-it dans l'appartement avec des références de fringues, ou j'envoyais des liens vers les différents trucs que je voulais absolument voir sous le sapin, mais depuis que je suis mère, je prends bien soin à ne commettre aucune gaffe et à m'appliquer pour que la magie de Noël reste intacte et que toute cette histoire soit crédible.

Après, j'avoue que ce n'est pas facile tous les jours d'être claire, surtout quand on aborde la question des détails techniques. Typiquement quand on n'a pas de cheminée, on dit qu'il entre par où le Père Noël ? Par la fenêtre ? Faudra pas se plaindre quand il aura peur des voleurs… Est-ce que c'est un secret et qu'on n'a jamais su, mais ça cache quelque chose que les parents ne se soient jamais cassé le cul pour savoir… Ou est-ce qu'il a une sorte de clé universelle pour tous les apparts, un peu comme les gens de la Poste ?

Oui, ça, c'est bien, on va partir sur la clé universelle !!!

Alors, c'est une clé, qu'on appelle la clé universelle, qui est fabriquée dans une pâte magique, un peu comme de la pâte à modeler, sauf qu'elle scintille et qu'elle peut prendre la forme de toutes les serrures. En fait, pendant toute l'année, les lutins du Père Noël fabriquent la pâte à base de poudre d'étoiles, de poils de cerfs, de neige fondue et de glands et, quand la pâte devient suffisamment molle, ils fabriquent la clé. Au moment où je raconte l'histoire, je suis bien plus émerveillée que mon enfant.

En revanche, j'ai décidé de ne pas lui faire croire que les lutins fabriquaient les jouets. Ce n'est pas cohérent. Déjà parce qu'ils ne fabriquent pas de sèche-cheveux Dyson et que c'est sur ma liste, et aussi, parce que chaque fois que mon enfant a vu un jouet dans une vitrine et qu'il le voulait, je lui répondais : « Tu pourras le demander au Papa Noël. » Donc l'idée que Papa Noël copie les jouets qu'il a vus, les refasse fabriquer par des petits lutins gratos, ça ne va pas, il y a quelque chose de non éthique là-dedans, et comment je ferai, plus tard, pour lui expliquer que la contrefaçon est un délit, hein ?

Non, le Père Noël va dans les magasins, il fait ses courses comme tout le monde. Enfin, pas tout à fait, car, pour lui, tout est gratuit et les magasins sont ouverts même la nuit. Pendant qu'on dort tranquilles, lui, il s'occupe de nos cadeaux ! Et les lutins, ils font quoi ? Bah, ils s'occupent de la logistique : trouver les magasins en amont, repérer les rayons, remplir les paniers, faire les papiers cadeaux.

Il me demande si j'ai été sage, moi, cette année. Je réponds que oui, pas toujours, mais globalement oui. Et comment il le sait, Papa Noël ? Bah, il a bien vu. Ah bon ? Comment il a vu, en plus, il n'habite pas à Paris ? Je suis tentée de trouver une explication, j'ai des images de tour de contrôle géante dans les nuages, mais ça m'épuise de raconter n'importe quoi. Autant la pâte, j'y crois, autant la tour, c'est bof… Ça fait système de surveillance créé par une mère pour faire obéir son enfant, c'est oppressant, et puis, j'utilise déjà tellement le chantage, je ne voudrais pas trop culpabiliser.

Le lendemain, chez le fromager, je croise une mère de l'école de mon fils. Dans la longue queue pour les commandes des plateaux de fromages, on essaye de trouver des trucs à se dire… Après avoir parlé poux, rhinopharyngite, lits de grands, on enchaîne les petits silences gênants, mais heureusement, comme c'est bientôt les fêtes, on discute des croyances et des petits mensonges. C'est là qu'elle me lance : « Moi, je lâche l'affaire, je ne fais croire à plus rien, parce que je ne veux pas que, plus tard, ils m'en veuillent d'avoir menti. » « Menti ?? MEN-TI ??? », je trouve le mot fort.

Elle a de la chance, c'est mon tour, donc je ne dis rien, mais quand même « menti »…

Moi, je n'y ai jamais cru au Père Noël, je voyais ma mère rentrer des Galeries Lafayette les bras chargés de cadeaux en nous disant : « Fermez les yeux ! » La phrase pour qu'on les garde ouverts. À défaut de croire au Père Noël, j'ai cru en Alf, à Régis le cintre, un ami imaginaire, en toutes sortes de lutins nourris aux pépins de pommes et, quand j'ai su que mes amis n'existaient pas, je n'ai jamais été déçue.

En rentrant des courses, j'ai raconté tout ça à mon mec : j'ai conclu par « Mentir, tu te rends compte, elle exagère quand même, ça doit cacher des mauvais souvenirs d'enfance », j'étais ravie de boucler la boucle avec l'article que j'avais lu plus tôt, et d'avoir trouvé quelqu'un de plus névrosé que moi.

Plus tard, avec mon fils, on a fait de la pâte à sel. Il m'a dit :

« On joue que c'est la pâte universelle et que, toi, pour de faux, t'es un lutin ! »

Et j'ai répondu :

« Oh oui et on dit que, pour prendre des forces, je dois manger des petits morceaux de beaufort ! »

Voilà ce qui est important, jouer. JOU-ER en vrai !! Même pour de faux.

Évolution de l'Homme des années 90 à 2020*

* le progrès a voulu qu'on illustre aussi avec des femmes.

Du Nokia 3210 à l'iPhone 11

Je n'arrête pas de penser à la vie avant les portables, c'est presqu'une obsession.

Je me retrace mentalement toutes les époques que j'ai pu vivre en fonction de leurs différents progrès technologiques, je constate que les souvenirs avant Internet ont une texture qui n'existe plus, et je sens que c'est mon moral qui « bug ».

Il y a eu l'époque où il n'y avait pas de portable et une semaine sans appel, c'était normal, deux mois sans nouvelles, la routine. Puis celle des premiers « GSM », où on commençait à se tenir au courant comme une petite coquetterie, un petit luxe en plus et on découvrait l'inquiétude des premiers messages sans réponse. Et aujourd'hui, avec nos smartphones, où, si on ne te répond pas dans la minute, t'as l'impression d'avoir foutu ta journée en l'air. Voire ta vie.

Oui.

Il faut bien admettre que, désormais, notre propre temporalité, notre propre notion du temps et donc notre rapport à l'attente sont intimement liés à la technologie.

C'est cette technologie-là qui a changé notre façon de vivre nos relations et aussi notre rythme cardiaque. C'est cette technologie-là qui fait qu'on ne vibre plus comme avant à l'idée de se retrouver, parce que c'est le portable qui le fait à notre place, en vibrant toutes les secondes pour nous dire : « À tout de suite. T'es où ? J'arrive. Je suis dans là dans une minute », rendant les battements de notre cœur plus calmes et nos relations moins passionnelles.

Régulièrement, je me fais des allers-retours entre l'époque du Nokia 3210 et celle de mon iPhone 11 et j'en ai des vertiges. Je pense à BFM TV en continu, aux tweets et retweets, à Facebook et Instagram, à Adélaïde qui se poste non-stop, à ma mère qui commente mes photos, à tel ou tel pote qui milite mollement en postant des fake news, à ces parents d'élèves qui font des TikTok embarrassants avec leurs enfants, et j'étouffe. Je réalise à quel point les choses ont changé et moi avec, et j'entre dans un délire complètement excessif : je veux vivre comme Cathy, la petite fermière et son chien Ficelle, je veux partir quelque part dans une ferme vivre au contact des animaux et de la nature sans tout ça !!!

C'est quand même fou de devoir sans arrêt passer par mon trip de ferme pour imaginer vivre sans les réseaux sociaux. S'ils m'angoissent tant que ça, pourquoi est-ce que je ne m'empêche pas juste d'y aller ?

Le soir, j'en ai parlé à Thibault : le truc, c'est que j'ai peur qu'en quittant les réseaux sociaux une partie de moi se mente à elle-même. En gros, si je me déconnecte, peut-être que ça veut dire que je suis déconnectée de la réalité ? Il m'a répondu très froidement, comme il sait le faire et un peu comme le faisait mon psy à l'époque : « Tu te rends bien compte que les réseaux sociaux, c'est pas la réalité ? »

Si on avait été chez mon psy, vu ma gueule de poisson à la suite de cette remarque, la phrase suivante aurait été : « Bien, je vous propose d'en rester là pour aujourd'hui. »

Mais heureusement, c'était Thibault, on a donc pu continuer à en parler, et boire un verre de plus. Je me rendais compte que j'agissais avec les réseaux sociaux exactement comme avec tout ce qui m'angoisse : si je lâche l'affaire, j'ai peur que tout s'effondre, ou pour donner un autre exemple, j'ai peur qu'en détachant ma ceinture de sécurité et qu'en fermant les yeux, l'avion s'écrase. C'est comme si j'étais une sorte de boule d'angoisse que je nourrissais tous les jours plutôt que de la laisser vivre tranquillement.

Ça m'a fait penser aux bébés qui sautent des repas et aux pédiatres qui rappellent qu'il faut arrêter de vouloir les gaver, car un enfant ne se laisse jamais mourir de faim. Là, c'était pareil, il fallait que j'arrête de chercher matière à être mal, l'angoisse saura bien être là en temps voulu. Alors, j'ai décidé de prendre un peu de recul.

Je n'irai pas vivre dans une ferme, je continuerai à faire des boomerangs et à stalker des gens que je ne connais pas sur Instagram. En revanche, j'accepterai que la vraie vie, c'est surtout tout ce qu'il y a en dehors de mon téléphone, en dehors de mon ordi, et que ce n'est pas parce que c'est moins anxiogène que c'est moins réel.

Le surlendemain de ma résolution, il y a eu ce dîner. J'étais en train de photographier ma pizza, parce que les deux champignons faisaient encore comme des yeux, lorsque Adélaïde a pris la parole : « Oh, au fait, vous avez fait la journée sans portable ? Han, ça m'a fait un bieeeeenn... » Tout en parlant, elle s'est mise à faire des recherches sur son téléphone : « Vous savez comment ça s'appelle, cette addiction ? Et vous savez combien de temps on y passe en moyenne ? Non, mais c'est vertigineux... » Moi, ce que je trouvais vertigineux, c'était que pendant qu'elle s'indignait, elle cherchait justement des stats DANS Google, DANS son téléphone.

Je me suis permis de le lui faire remarquer, le plus poliment possible : « Mais du coup, tu l'as repris, ton portable ? — Bah oui, c'était la journée sans téléphone portable, pas le mois. — Oui, mais si ça t'a fait UN BIEEENNNN, t'as toujours le luxe de prolonger la période. — Euh ouais, enfin, t'es bien mignonne, mais je bosse, moi. Mais fais-le, toi, ça me fait déjà bien rire de t'imaginer sans téléphone. »

Non, mais elle se prend pour qui ? Moi aussi, je bosse. Et puis, ça veut dire quoi « t'es bien mignonne », ça veut dire « t'es complètement conne » ? Non, parce que, moi, j'ai fait l'effort d'être polie ! La réalité, c'est qu'elle pourrait très bien s'en passer plus longtemps de son portable, sauf qu'elle n'en a pas envie. Ce dont elle a envie, c'est de la posture et d'étaler ses théories et son savoir Google dans les dîners à la con.

Le soir, je suis rentrée chez moi encore super saoulée par cet échange, et particulièrement par le « t'es bien mignonne ». J'ai râlé toute seule dans ma tête, et puis j'ai reçu une notification de mon téléphone pour m'indiquer le temps moyen quotidien passé dessus. C'était trop. J'ai quand même ouvert Instagram pour regarder le succès de ma photo de pizza. J'avais un nouveau like d'Adélaïde. J'ai entendu sa voix « Ça m'a fait UN BIEN... C'est vertigineux. »

Quelque chose m'a déprimée, je n'ai pas tout de suite identifié quoi mais, par réflexe, j'ai pris mon téléphone et je l'ai posé par terre, écran côté sol, comme pour le punir. Comme pour lui dire : « Allez, au coin, je ne veux plus te voir ! » Et je me suis promis de vivre sans pendant quelque temps, d'abord parce que je déteste l'idée d'être dépendante de quoi que ce soit, et surtout, parce que je n'ai aucune envie de donner raison à Adélaïde.

Ça a duré quelques jours, pendant lesquels j'ai redécouvert la temporalité du passé, retrouvé des vieux réflexes (demander l'heure, son chemin…). Je ne dirais pas que « ça m'a fait UN BIEEEEENNNNN », mais ce n'était pas désagréable. J'ai eu plusieurs fois le réflexe de fouiller dans ma poche pour vérifier mes e-mails, les messages, le vide, et puis je me suis souvenue… Ça m'a donné un sentiment d'inconnu, de flottement, comme si j'étais subitement plus guidée par mes choix que par des contraintes extérieures.

Un peu moins de quarante-huit heures plus tard, j'ai retourné mon portable, j'avais quelques messages, dont trois textos d'Adélaïde et neuf appels en absence. Je me suis d'abord dit *Merde, j'espère qu'elle a besoin de rien*, puis j'ai fini par conclure qu'elle était bien mignonne, mais que ça pouvait attendre. Après tout, je bosse, moi.

4G
9:04

J'ai maté un tuto beauté jusqu'au bout

Quand on a l'habitude de me lire, on n'est pas particulièrement étonnée par cette info. Non pas que le maquillage me passionne, mais plutôt que j'ai toujours eu une capacité à être aspirée par n'importe quelle chose qui ne me demande absolument aucun effort. J'étais donc en train de traîner sur Instagram pour me prouver que j'avais mieux à faire que de bosser quand je suis tombée sur cette vidéo. C'était une vidéo courte sur le profil de la blogueuse (je crois qu'elle est blogueuse), quand, au bout de quelques secondes, on m'a proposé de continuer sur Instagram TV. Je ne savais même pas que ça existait, ça, Instagram TV. Ahhhhhh, c'est donc ça, IGTV, moi et ma dyslexie, on pensait que c'était une sorte de contenu sponsorisé par la SCNF, en fait pas du tout… J'ai cliqué.

Je ne peux pas vraiment l'expliquer, mais j'ai été comme hypnotisée par le vide, tout à coup j'ai eu le sentiment qu'on me massait le cerveau. Pas le massage de ma vie, mais des petites caresses qui détendent. Il faut dire que, huit minutes avant de prendre mon téléphone, j'étais sur Doctissimo en train de chercher les différentes formes de laryngites et pharyngites parce que ma gorge me grattait anormalement, tout en donnant des coups contre mon mur pour que les voisins percent moins fort. Et là, tout à coup, j'ai vu cette fille débarquer. Cette fille qui avait l'air si légère et en même temps tellement concernée par ce qu'elle disait. Cette fille qui arrivait à théoriser de la merde avec un niveau d'implication tel qu'à un moment tu finis même par te dire : ouais, mais moi aussi j'ai envie d'être comme ça, finalement. De parler de rien et d'être contente !

En revanche, il faut que je vous précise bien que je ne parle pas de l'influenceuse de base qui poste son cul tout en lisant un livre, tout en bouffant une tartine d'avocat, non elle, elle me pompe l'air. Je parle de cette fille qui pense qu'une ligne de sourcil, c'est vital, et qui, l'espace de trente secondes dans ta vie, arrive à t'en convaincre.

Elle t'explique avec une précision folle pourquoi elle a choisi cette teinte de blush plutôt qu'une autre, et aussi comment appliquer l'anticerne sur les zones d'ombre pour illuminer le visage. C'est technique. Elle a des gestes tellement précis, ça m'a rappelé de vieux téléshoppings où on voyait un gros plan sur un index verni appuyer délicatement sur un bouton pour nous expliquer comment allumer un aspirateur.

À la fin de la vidéo, j'étais quand même un peu dubitative. Il faut dire qu'elle avait terminé par un mouvement de tête chelou et un bisou face cam un peu gênant. J'ai eu l'impression qu'elle me regardait dans les yeux et ça m'a glacé le sang. J'ai balancé mon portable loin comme si j'avais fait quelque chose de mal. En même temps, c'était trop tard, j'avais maté toute sa vidéo.

Et le pire, c'est que maintenant, j'allais reproduire secrètement tout le tuto.

Ça tombait bien, j'avais justement une réunion de parents d'élèves, et c'est toujours très important pour moi d'y aller super apprêtée.

Ça vient sans doute de mon enfance, je me souviens que ma mère ne venait jamais aux réunions, ce qui m'arrangeait 90 % du temps, vu que je n'en foutais pas une en cours, sauf un trimestre miraculeux où j'avais eu le tableau d'honneur et j'avais insisté pour qu'elle rencontre la prof.

Je lui avais demandé de se faire belle, parce qu'elle avait pris cette mauvaise habitude d'enfiler un manteau sur son pyjama pour acheter le pain, et je trouvais que c'était vraiment la honte, surtout quand on croisait des voisins dans l'ascenseur.

En plus, on habitait au huitième étage, ce qui faisait qu'ils avaient tout le temps de la scruter et de griller le pantalon molletonné rose sous l'imper. Elle, elle fixait les numéros lumineux, le regard droit, digne. Elle n'en avait strictement rien à foutre.

Ce jour-là, je lui avais dit qu'avec les voisins, c'était OK, mais, à l'école, interdiction totale. C'était un coup à perdre tous mes amis et ne jamais m'en remettre.

Elle avait pris ma demande très au sérieux, trop au sérieux. Je m'en souviens comme si c'était hier, j'étais dans la cour, sous le préau près du gymnase, quand je l'ai vue débarquer. Chewbacca !! Elle avait enfilé son manteau en vison que sa propre grand-mère lui avait légué, un truc qu'on ne pourrait plus mettre aujourd'hui, à la fois à cause du réchauffement climatique et aussi parce qu'il n'y a plus de vison, bref tout ça faute à ces années-là…

Franchement, j'espérais presque qu'en dessous on trouverait le pyjama rose, histoire de rééquilibrer le bordel, mais pas du tout, elle avait mis sa robe lamée à épaulettes.

Je me souviens encore de ses paroles : « Je me suis faite jolie, comme tu m'as dit, tu aimes ? »

Et, moi, incapable d'aligner trois mots tellement ça me semblait fou qu'elle ait si peu conscience de ce qu'est la vraie vie.

En vrai, je la trouvais sublime, mais le sentiment que je ressentais le plus fort était la culpabilité. Comment est-ce que j'avais pu provoquer ça ? Ce brushing, ce doré, ces poils, tout était de ma faute.

En me préparant pour ma propre réunion, j'ai pensé à tout ça. N'en fais pas trop quand même, je me suis dit. En réalité, je ne prenais pas beaucoup de risques en m'habillant avec mes vêtements, au mieux, j'allais mettre une chemise et des boucles d'oreilles, ça va, ça reste soft.

Je me suis installée face à ma glace et j'ai commencé mon petit tuto, comme la jolie fille blonde qui fait ça en ligne.

J'ai appliqué chaque petit produit méticuleusement comme si c'était une opération à cœur ouvert et j'ai commenté chacun de mes gestes en chuchotant.

Parfois, la fille parle en anglais, elle appelle ses produits *my babies*. Je l'ai fait avec mon blush : *So, know, i'm gonna use this, baby. I just looooooove the color on my cheeks…*

Franchement, sur le coup, ça m'a paru hyper naturel et sincère, tout ce cinéma.

Il faut dire que je fais une véritable obsession pour le blush.

Je sais que certains l'ont remarqué, j'ai déjà reçu des commentaires sous des photos, ou des tweets, « on a un petit problème de blush là, non ? #malaise ».

Alors que non on a juste une petite obsession avec les pommettes colorées #jefaiscequejeveux.

Ça aussi, ça a commencé super tôt en observant ma mère qui utilisait son rouge à lèvres sur les joues. Très vite j'ai pu nourrir mon obsession en passant mes journées à dessiner des petites filles aux joues rouges dans des igloos ou à jouer à Miss Make Up de Mattel (je vous conseille d'aller mater la pub sur le site de l'Ina, si vous êtes née après 1989 ou si vous voulez juste vous prendre un coup de vieux). On leur mettait de l'eau sur les paupières et elles devenaient immédiatement violettes, c'était magique.

Quand il y avait des anniversaires déguisés, que je sois clown ou princesse, ma mère voulait sans arrêt accentuer mes taches de rousseur au crayon parce que c'est siiiiii mignoooooonnn et, moi, je lui demandais plutôt les deux ronds rouges, pour me sentir pimpante et aussi sans doute un peu pour les cacher, mais ça je n'y avais jamais pensé avant aujourd'hui.

Quand l'adolescence est arrivée, ça ne s'est pas arrêté. Pourtant, il y a des trucs d'enfant qu'on finit par quitter, subitement on se met à détester le mauve alors qu'on adorait ça et on crève les yeux de Miss Make Up parce qu'elle est laide avec du fard à paupières, mais la passion du blush est restée.

Il faut dire que quand on n'a pas le droit de se maquiller, c'est un des trucs qui passe le plus discrètement (à l'époque, j'en mettais moins qu'aujourd'hui), ça et les Rolls Debby aussi, qui pouvaient clairement passer pour de la bave ou de l'huile des frites trop grasses de la cantoche.

J'avais acheté mon mini pot chez The Body Shop, et je le gardais contre moi comme un trésor. Dès que j'entrais dans l'ascenseur pour aller en cours, je m'en mettais deux points que j'étalais avec exactement les mêmes gestes que ma mère et je me sentais prête à affronter le monde.

Ça ne s'est toujours pas arrêté. À un endroit que je n'explique pas, c'est un peu comme un petit repère que j'ai, quelque chose qui me rassure. Sans, je me sens nue. Parfois pour des shootings, je sens bien que je force un peu les maquilleurs. « Vas-y vas-y mets-en plus, plus, plus, non mais PLUS, tu peux y aller ! » Quand je n'en ai pas assez et que je me vois, je sursaute : « Non vraiment, mets la DOSE. »

Je sais bien que j'en mets parfois un peu trop, au point qu'on m'a dit plusieurs fois : « Tu vas finir comme les vieilles dames beaucoup trop poudrées. » Et ça me rend tellement heureuse, parce que c'est exactement ce que je veux. Une mine à la Poupette (toujours *La Boum*), beaucoup trop de poudre, et peut-être même les cheveux mauves aussi.

Je veux être la dame des fêtes

Si vous ne voyez pas de qui je parle, il vous suffit d'aller faire quelques petites courses la veille du réveillon et vous la croiserez. Je l'ai rencontrée pour la toute première fois quand j'étais petite, je devais avoir 5 ou 6 ans : elle, dans mes yeux d'enfant en avait une soixantaine, mais maintenant que j'ai grandi, je réalise qu'elle en avait au max 40.

Depuis, chaque année je la recroise, elle n'a pas changé d'âge. Elle apparaît uniquement en fin de journée quand la nuit est tombée, et elle marche d'un pas rapide dans les rues commerçantes. Elle a toujours cette élégance et cet air hyper pressé parce qu'elle attend une dizaine d'invités, pourtant elle a pris le temps de se parfumer (un peu trop) et de se maquiller (toujours un peu trop aussi). Pour les boucles d'oreilles, elle les a choisies en or, et à clip, elle n'a pas les oreilles percées, d'ailleurs quand elle rentre chez elle avec tous ses paquets, c'est bien plus facile à retirer. Elle se passe les mains sur les lobes, et hop, plus de bijoux, elle est prête à se mettre au travail.

La dame des fêtes, c'est cette femme qui gère absolument toutes les festivités avec une main de maître, qui s'occupe de l'organisation, de la bouffe, de recevoir, quand, moi, j'ai beau vieillir, je me perçois toujours comme une enfant qui n'a rien d'autre à penser qu'à enfiler son pull de Noël, à manger ce qu'on lui présente et à déballer ce qu'on lui offre.

Elle n'est pas du tout du genre à porter des pulls en synthétique avec des motifs rennes, non son truc, c'est plutôt la sobriété, un pull en cashmere noir mis à même la peau, allez, à la limite, un peu d'angora pour les grandes occasions.

Elle me fait penser à plein de femmes que j'adore, celles que je croise chez le fromager et dont le parfum poudré est tellement entêtant qu'il masque celui du fromage, mais aussi Madame Musquin dans *Le Père Noël est une ordure* pour son chignon et son manteau vert un peu kaki, ou encore Madame Weber, la mère de Frédérique et d'Anne dans *Diabolo Menthe*. En gros, l'image que je me faisais d'une VRAIE femme quand j'étais encore une enfant.

La dame des fêtes est rarement assise. Pendant que les autres prennent l'apéro, elle s'agite, se balade une coupe de champagne à la main et sort des feuilletés du four. Elle a aussi le sens du détail, c'est le genre de personne à avoir des sous-verres quand de mon côté je me suis toujours demandé qui pouvait bien acheter ce genre de trucs et surtout pourquoi ? ! Le reste de l'année, elle fait aussi sécher des fleurs pour en faire des pots-pourris, mais, là, on s'éloigne du sujet, parce que le reste de l'année, ce n'est plus la dame des fêtes, c'est juste une meuf un peu chiante.

Cette année, je réalise que c'est moi qui reçois. Pour une fois je ne râlerai pas à base de : « Oh ! la la, mais ça me fait trop chier d'aller chez elle… », ce sont les autres qui auront trop la flemme de venir chez moi. Cette année, je ne serai plus l'enfant qui trouve le temps du dîner interminable, je serai l'adulte qui accumule toute cette bouffe sur la table et qui relancera des sujets de conversation bien chiants, en attendant que tout soit bien cuit. J'avoue, à la base, j'avais proposé de faire ça chez moi juste par flemme de bouger et, aussi, parce que j'aime bien choisir ce que mange, mais, là, maintenant, j'y vois une opportunité assez chouette, celle d'endosser le rôle de la dame des fêtes.

Pour l'occasion, je veux porter mon pull à même la peau.

C'est un truc que j'ai en tête depuis longtemps. Depuis la fin des années 80 ou le début des années 90, au moment des pubs Mir Laine et Mir Express. Autant la pub Mir Express avec la fille qui rentrait dégueu de son cours de karaté ne m'a jamais donné envie de me mettre au sport, autant celle pour Mir Laine Shampooing avec la dame qui se caresse la joue avec son col roulé en mohair rose a suscité en moi une passion pour les pulls tout doux.

Dans cette pub, qu'on peut trouver sur Internet en tapant « Mir Laine Adoucissant », ne me demandez pas comment j'en suis arrivée là, la fille retire son pull et on découvre qu'elle ne porte rien en dessous, c'est vraiment que ça doit être très très doux !

Bref, fin de l'analyse de la pub, tout ça pour dire que j'ai longtemps voulu être cette femme.

Pour autant, j'ai mis des années avant de concrétiser ce projet ou disons plutôt que je suis passée par plusieurs échecs. Je me souviens déjà que, petite, ma mère appliquait sur nous la technique du millefeuille vestimentaire. Je viens de l'appeler comme ça, on n'était pas du tout aussi ludique en vrai. Cela consistait juste à nous superposer le plus de couches possible « pour ne pas attraper froid ». Pour le coup, on n'attrapait pas froid, mais on puait. Oui, parce qu'il y a aussi eu cette longue phase absurde où on était « trop jeunes pour porter du déo ». Autant pour le maquillage, je comprenais, mais du déo…

J'entrais dans la salle de classe surchauffée, et c'était parti pour retirer mon col roulé à grosse maille, mon pull en V, et enfin mon sous-pull, pour terminer en tee-shirt à manches longues. « Quand vous aurez fini de vous dévêtir, mademoiselle Hamzawi, vous nous prévenez qu'on puisse commencer le cours. » Connard.

C'EST DOUX... C'EST NEUF ?

À la fin du cours, je me retrouvais dans les couloirs avec un dressing entier autour de la taille, ce qui donne toujours une bonne dégaine, et je loupais dix minutes de la récréation pour prendre le temps de me rhabiller.

Un jour, j'en ai eu ras le bol et, en secret, je suis sortie avec un sweat-shirt Hard Rock Café à même la peau, beaucoup moins transgressif que Frédérique Weber et ses bas. Autant vous dire que je me sentais rebelle, voire grunge. J'ai été vite calmée quand je me suis souvenue que c'était le jour de la gym au sol, et que toute la classe a vu ma brassière Sloggi pendant mon poirier. Ah oui, parce que c'était aussi la période « trop jeune pour porter des soutiens-gorge », il fallait porter d'immondes brassières. Après, on s'étonne d'être complexée à 14 ans.

Pour concrétiser mon projet, je suis allée faire les magasins, dans le but de trouver le pull parfait à mettre avec rien en dessous. J'ai commencé à en prendre plein en cabine, en regardant bien la composition sur les étiquettes et en interpellant les vendeuses : « C'est du synthétique ? Non ? Parce que ça fait des odeurs, le synthétique. » Quand on aborde le synthétique, c'est qu'on a vieilli et aussi qu'on est traumatisée par des années sans déo… Et puis il faut aussi dire qu'il y a quelques années j'avais failli prendre feu à cause d'un pull Primark… J'ai fini par trouver le pull parfait, celui avec lequel on a envie de se lâcher les cheveux et de se caresser la joue. Quand la vendeuse a voulu me le mettre dans du papier de soie, j'ai refusé : « Non, non, je vais le porter tout de suite ! » J'avais déjà attendu presque vingt ans, c'était trop longtemps. Elle a retiré l'étiquette et, moi, les trois couches de vêtements que je portais. Je suis sortie dans la rue avec un dressing autour de la taille, mais un pull à même la peau.

1er coup de cafard de l'année

Bon, bah, voilà une nouvelle année qui commence. Il y a eu le décompte, aussi pénible que d'habitude, et puis il y a eu Adélaïde, beaucoup trop sapée pour un 31, qui a sorti son fameux dicton du jour : « On dit que c'est important de bien fêter la Saint-Sylvestre, parce que l'année sera à l'image de la soirée qu'on passe. »

Moi, au même moment, j'étais en train de me plaindre de ne pas avoir assez mangé, tout en cherchant le pot de tarama dans la cuisine… C'est bien possible que mon année ressemble un peu à ça.

La réalité, c'est que je déteste les 1er janvier, encore plus que les 31 décembre. D'ailleurs, je déteste tout le mois de janvier, et de février, et de mars aussi. Voilà, c'est parti pour un trimestre relou à se taper. Vu la gueule des gens que je croise autour de moi, je sais que je ne suis pas la seule à mal le vivre.

On dit qu'en hiver on aime bouffer gras pour prendre des réserves, pour mieux supporter le froid, tu parles, c'est juste que le moral est si bas, il faut bien compenser !

Du coup, après avoir déjà beaucoup trop mangé pendant les fêtes, je sais que je m'apprête à continuer sur ma lancée et la seule bonne nouvelle que je vois dans un avenir proche, c'est l'Épiphanie. D'ailleurs, comme chaque 1er janvier, je me suis réveillée avec une petite gueule de bois en me posant la même question que d'habitude : *Oh mais c'est bientôt la galette des Rois, non ?* Le pire, c'est que je n'aime même pas vraiment ça, la galette, mais bon, l'idée de se retrouver tous ensemble pour manger un truc gras en prétextant que c'est pour la fève, c'est quand même chouette !

Ce qui m'angoisse vraiment dans la nouvelle année, c'est justement qu'elle soit nouvelle. Ce côté « la fête est finie, prenez vos nouveaux cahiers, on recommence tout », ça m'angoisse !! C'est comme une rentrée des classes, mais sans nouveaux cartables, sans nouvelles fournitures, sans nouveaux amis, et sans œillets, rien… Juste une page blanche, un cahier tout neuf qu'on va forcément finir par salir, et, comme on est en janvier, à tous les coups, ça sera sali par une gastro ou un achat improbable pendant les soldes…

Et puis, il y aura ces gens pénibles, pour nous le rappeler en permanence. Ceux qui ne peuvent pas s'empêcher de signaler qu'on recommence tout : *première huître de l'année, première cuite de l'année, première ninainainai de l'année !!* Mais qu'est-ce que ça peut faire ? On n'entre pas dans une nouvelle vie, on connaît déjà tout ça !

C'est d'ailleurs pour ça que je n'ai jamais pris de résolutions, je ne vois pas en quoi le fait de me réveiller un 1er janvier me donnerait subitement envie d'aller courir au bois trois fois par semaine… Du coup, le côté négatif de tout ça, c'est que je râle et que je suis encore en train de me plaindre, alors que je pourrais être pleine de bonne volonté et d'enthousiasme, et le bon côté, c'est qu'il ne me reste plus qu'à me défouler sur un pot de tarama… Comme l'avait si bien prédit la meuf sursapée du 31.

2020, l'odyssée du rien

2020. Moi, comme tout le monde quand j'étais petite et que j'imaginais 2020, je me disais qu'on aurait rencontré des extraterrestres, qu'on ferait du tourisme spatial, qu'on aurait des voitures volantes… À la place, on a réussi à photographier un trou noir et on se déplace en trottinette.

C'est bien, mais bon, ce n'est pas non plus spectaculaire. Le problème, c'est qu'on attend les annonces de la Nasa comme le messie. Résultat, quand ça arrive, on est tous là : *Ouais bah juste c'est un trou noir quoi*. Bah oui, tu t'attendais à quoi ? Que, de l'autre côté, on trouve une meuf en bikini en train de manger une tartine d'avocat sur Proxima du Centaure ?

Bref, pour en revenir à mon Nouvel An, je vous avoue que, niveau ambiance, c'était pas la fête du siècle, en même temps, ça avait l'avantage de ressembler à un vrai 31.

Pour notre dîner, on était tous chargés de ramener à bouffer. En revanche, on ne savait pas qu'on n'allait manger que la moitié parce que Matthieu Chatte, une vieille connaissance que je ne pensais pas du tout trouver à cette soirée, sinon autant dire que je ne serais pas venue, avait décidé de scanner tout ce qu'il y avait sur la table.

Alors Matthieu Chatte pour vous expliquer, c'est l'équivalent des portiques de sécurité à l'aéroport, mais pour la bouffe, en gros, t'amènes un vin qui a moins de 4 étoiles sur Vivino, tu dégages.

Il était là : « Moi, c'est simple, j'ai un principe : je ne mange rien qui a moins de 90 sur Yuka ou un nutriscore inférieur à B. D'ailleurs, j'ai fait mon test génétique et j'ai 20 % de chances de développer de l'obésité après 40 ans. Du coup, je fais au moins 5 000 pas par jour… » Le mec est aussi fun qu'un tableau Excel.

Il était là à me mater bouffer les restes de tarama et mes chips au barbecue avec son air pervers : « Tu sais qu'avec mon appli tu peux tout de suite savoir si c'est bon ou mauvais pour la santé ? » Ouais, et avec un peu de bon sens aussi, non ?

Cette confiance aveugle dans les applis, c'est quand même hallucinant !

Il me fait penser à ma mère en 1989, qui nous achetait des raviolis en boîte chez Prisunic « parce que s'ils le vendent, c'est bien que c'est bon »… Et puis, c'est comme le McDo, il y a un tel débit, ça ne peut pas être pourri, bah c'est juste un débit de merde !

Bref, dîner de Saint-Sylvestre oblige, on a tous parlé de nos résolutions, mais alors je dois dire que plus on avance dans le temps, moins on en a. Faut dire qu'on quitte une année de merde, mais on n'accueille pas non plus la prochaine avec beaucoup d'enthousiasme. Pour moi, c'est un peu comme quand tu quittes une vraie relation longue dans laquelle tu t'es investie, pour un petit mec que t'as rencontré au surf et qui t'as un peu excitée. Je veux dire, c'est bien sympa de repartir à zéro avec des cheveux décolorés et des bracelets brésiliens, mais ça ne présage pas non plus un avenir émotionnel très stable.

Bon, il y avait quand même la petite cousine d'Alice qui a décidé d'arrêter de vapoter. Faut dire qu'elle fumait pas, cette conne. Elle fumait pas, elle a commencé directement par la clope électronique, elle se balade sans arrêt branchée à sa machine avec un nuage qui pue la fête foraine au-dessus de sa tête, elle est contente, elle nous fout sa fumée dans la gueule avec ce bruit-là insupportable. Entre le bruit et l'odeur, on dirait un Sanybroyeur de station-service. « Ah non, j'ai jamais fumé, j'ai commencé par la vap direct. » Elle a commencé par la « vap ». C'est con quand même !! C'est comme si tu finissais par grossir à force de manger trop de Slim Fast. En même temps, moi, quand j'étais ado, y en avait qui ne fumaient pas et qui achetaient des chewing-gums Nicorette, comme ça, à la place des Strimorol.

Comme quoi, on était déjà cons, ça s'est juste déplacé. C'est plus technologique maintenant et je crois que c'est ça qui m'irrite le plus, en fait.

Pour moi, ce qui symbolise le plus cette image, c'est quand je veux prendre une photo d'un truc et que mon appareil est déjà en mode selfie et que ma gueule apparaît en énorme à la place du paysage.

Je trouve ça atroce. Tu vois ta gueule en énorme et c'est un rappel super violent : *Et ouais, connasse, c'est parce que, tout à l'heure, t'as passé une heure à faire des petites têtes dans ton écran pour trouver un angle où t'avais pas de double menton.*

J'ai un poil moins d'indulgence pour les « cons technologiques ».

Je m'en suis rendu compte typiquement après la soirée. En attendant le taxi avec mon mec, on tombe sur Matthieu Chatte (qui a plus d'une corde à son arc) qui repart sur ces trucs-là, vous savez ces roues électroniques, monoroue, ou gyroroue là je sais pas comment on appelle ces trucs-là.

Il était comme ça en train de slalomer entre les gens avec son petit tote bag rempli de chips au radis noir que personne n'avait voulu bouffer, quand, tout à coup, il s'est vautré comme une merde contre une poubelle, ça a fait un énorme boum.

D'habitude, quand quelqu'un se vautre, t'as le réflexe de faire, paniquée : *Han ça va, vous vous êtes pas fait mal ??!!!*

Là, j'ai eu le réflexe de dire : « Ah, bah ouais, mais bon… »

Ça va, il s'est pas fait trop mal. Il a juste perdu un de ses écouteurs, les écouteurs sans fil, y en a un qui était tombé dans la poubelle, il a dû le chercher en fouillant au milieu des déchets comme un petit chien…

Alors que moi, je me serais juste étranglée avec mes vieux écouteurs, après j'aurais mis une heure à les démêler mais, à la fin, j'aurais eu ma fierté de conne de base d'avoir réussi à démêler un fil.

Je veux voir la neige

Depuis que Météo France a mis les Parisiens en vigilance orange pour risque de fortes chutes de neige, je consulte l'appli météo de mon téléphone toutes les deux heures.

Je pourrais me contenter de regarder par la fenêtre pour voir qu'il ne se passe rien, mais bon, à notre époque, la mode, c'est aussi de perdre du temps grâce à la technologie. La réalité, c'est que chaque fois que je regarde dehors, je suis déçue. Tous les matins, j'ouvre mes rideaux le cœur battant en espérant découvrir des toits tout blancs. Et tous les matins, rien. Pire que rien : la pluie. C'est cette déception qui me conduit à mater frénétiquement mon téléphone, comme s'il savait peut-être quelque chose que moi j'ignore encore.

Un truc qui pourrait me rassurer ou me rendre heureuse, genre une émoticône flocon à 80 % de probabilité dans l'heure qui suit ?

Une fois que j'ai le nez dehors, mon humeur empire. Sous mon bonnet, je sens mes cheveux gonfler à cause de l'humidité, alors je me plains : « Pff, mais il ne fait même pas si froid… Même s'il neige, ça ne tiendra jamais ! Jamais ! Pff ! » Parfois, sans m'en rendre compte, je me plains à voix haute aussi, et on me répond : « Mais qu'est-ce que ça peut te faire qu'il neige ? C'est pénible, la neige à Paris, ça paralyse tout ! » Voilà, c'est ça, ça paralyse tout. D'ailleurs, je ne dirais pas ça paralyse, je dirais ça immobilise, ça gèle, ça calme, ça apaise. Oui, tout va plus lentement sous la neige, même quand les flocons tombent, ils ne tombent pas comme la pluie, ils volent par-ci par-là, ils flottent… Alors oui, c'est vrai, parfois on a des problèmes de transport. À pied, on a peur de glisser. Mais du coup, tout va au ralenti, et ça fait tellement de bien.

Sous la neige, il n'y a plus personne de pressé, plus personne pour te bousculer en te disant « pardon » comme s'il te disait « bouge, connasse ». Non, sous la neige on est tous au pas. Quand la neige est épaisse, ça étouffe même les bruits. Tous les pas sont sourds, c'est calme, et quand parfois quelque chose tombe par terre, on n'entend même pas… Bon, sauf ma chute quand j'ai glissé sur une bouche d'aération, mais en vrai, ce n'est pas la chute en elle-même qui a fait du bruit, c'est mon cri le long de ma glissade sur trois mètres avant l'atterrissage. Ce genre de chute un peu humiliante qui, elle aussi, se fait au ralenti, et pendant laquelle on a quand même l'espoir de ne pas finir au sol, pour que finalement, paf !, et si, le sol. Ce genre de chute où, au lieu de penser à sa douleur ou à se relever, le premier réflexe est de regarder autour de soi pour voir qui nous a vue ! Enfin, malgré tout ça, j'attends toujours les flocons dans mon portable, par la fenêtre, dans la bouche d'Évelyne Dhéliat. C'est tellement obsessionnel que, l'autre soir, en pleine insomnie, je me suis surprise à fredonner du Adamo : « Tombe la neige, tu ne viendras pas ce soir… »

Ma mère l'écoutait en boucle quand on était petits, je lui faisais croire que je n'aimais pas, comme un réflexe du genre *C'est si vieux que ça ne me parle pas*, mais aussi, un peu, pour la protéger de sa mélancolie. On roulait dans sa Renault, et chaque fois qu'elle l'écoutait, elle prenait ses petits yeux plissés en me disant : « Ça me rappelle ma jeunesse », et elle regardait dans le vague, ce qui est toujours flippant quand quelqu'un conduit.

S'il y a bien un truc que j'ai hérité d'elle, c'est cette aptitude à la mélancolie, et cette capacité aussi à ne pas vouloir en sortir.

À l'époque, elle faisait un truc que je trouvais super lourd et que je me suis mise à faire aussi : quand elle aimait bien une chanson, elle la remettait sans même attendre la fin, comme pour entendre cent fois de suite son moment préféré. Maintenant je sais pourquoi – en fait, c'est que son émotion monte systématiquement au même endroit, et elle veut toujours vivre la même. Entretenir cette mélancolie, précisément de une minute vingt-neuf à deux minutes cinq, et tout recommencer.

Quand je la regardais rêvasser et griller les priorités à droite, je l'imaginais jeune en train d'attendre un garçon sur un banc, je l'imaginais dans une ville imaginaire, enfant, et dans ma tête, tout était en noir et blanc, comme si les couleurs n'existaient pas encore dans la vraie vie à son époque. Je réalise que j'ai toujours été incapable d'imaginer la jeunesse de ma mère en couleur, peut-être parce qu'elle avait une façon de raconter les choses un peu cinématographique. Et puis, il s'est passé un drôle de truc, l'autre soir, dans un taxi. Le conducteur écoutait Chante France et il y a eu ce morceau d'Adamo, je lui ai dit : « Oh, vous pouvez mettre plus fort, s'il vous plaît, monsieur ?! »

Il a monté le son et m'a regardée furtivement dans le rétroviseur, sans doute pour s'assurer que j'étais bien la cliente qu'il pensait conduire, une meuf d'une trentaine d'années qui n'a pas à se faire plaisir, ni à monter le son sur Adamo. On a roulé dans Paris, et la musique est devenue ma BO à moi, celle de mon enfance, comme si les souvenirs de ma mère et les miens avaient fusionné.

C'est peut-être pour tout ça que j'aime autant la neige et que j'ai autant envie d'aller à la montagne. Il n'y a que sous la neige et en altitude que le temps ne compte plus. Ce soir, je réserverai nos vacances à la montagne.

Pourtant, je ne suis absolument pas une grande fan de ski, la durée du voyage m'angoisse, et je ne vous parle même pas des cachets que je vais devoir avaler sur la dernière partie du trajet, quand je serai en train d'essayer de ne pas vomir à chaque virage, ni de la question du vertige, parce que vraiment ça serait trop long, mais malgré tout ça, j'ai tellement hâte.

J'ai hâte de la nuit, j'ai hâte du silence, j'ai hâte du petit bruit au loin en me demandant ce que c'est avant de me rendre à la fenêtre et réaliser que c'est une dameuse tout là-haut qui brille comme une petite étoile.

J'ai hâte de me balader en grosses chaussettes (chez moi, hein, je ne fais pas partie des gens qui sont OK pour pourrir l'odeur des parties communes et des couloirs en moquettes orange), quoiqu'en vrai, j'ai même hâte de cette petite moquette orange. J'ai hâte de tout, là-bas, même de ce que je n'aime pas.

C'est quand même rare, non ? Ça me fait le même effet qu'après un mois de vacances loin de Paris quand, en matant un matelas de transat décoloré par le soleil, je me dis qu'il est grand temps de retrouver toutes les nuances de gris des trottoirs.

Mais, aujourd'hui, je veux du blanc, du blanc partout autour de moi, du bois dedans et des nœuds sur le bois.

Je veux ces quelques couleurs seventies du ski, comme si les années qui passent n'avaient pas réussi à monter jusqu'aux montagnes, et je veux aussi ces odeurs (avec, encore une fois, une petite réserve sur les pieds dans le couloir, mais presque une tolérance pour celle du petit pet dans la combi). Pardon pour ce dernier détail, mais c'est que les odeurs se transforment selon notre environnement, particulièrement nos odeurs corporelles, et, contrairement à ce qu'on peut penser, ça n'a rien à voir avec l'alimentation, je n'ai pas attendu d'être au ski pour me nourrir exclusivement de fromage. C'est l'environnement et le climat.

La peau dans le froid, les cheveux dans la neige, le pet dans la combi de ski, ça ne sent pas pareil. Ça sent plus rassurant qu'au soleil.

J'ai voulu redécorer mon appart

Comme je me suis aperçue récemment que ma vie n'allait pas changer (en bien) seulement grâce à une nouvelle coupe de cheveux et que j'ai aussi passé un peu trop de temps sur Instagram, j'ai décidé de complètement redécorer mon appartement. Ça m'a pris comme ça, dimanche dernier, sur le coup de 16 heures. J'étais sur mon téléphone en train de mater des photos de gens que je ne connais même pas, quand j'ai formulé à voix haute : « Pfff et pourquoi ici il n'y a jamais de fleurs séchées ?! » J'ai regardé autour de moi, ce n'était pas tout à fait vrai. Il y avait ce soliflore que j'avais sorti pour la visite de la cousine de mon mec et un vase avec des fleurs fanées depuis un mois dedans, mais elles étaient plus flétries que séchées, et l'eau dans laquelle elles baignaient m'a rappelé immédiatement l'odeur de l'aquarium de la tortue que j'avais eue pour mes 11 ans.

J'ai commencé à analyser chaque partie de mon appartement en me demandant comment ça aurait été dans un magazine de déco. En gros, l'espèce de formule qu'on peut appliquer à soi dans la vie pour prendre les meilleures décisions du genre : qu'est-ce que Wonder Woman aurait fait (ou comment mon psy aurait-il réagi si je lui avais dit ça) s'appliquait maintenant à mes meubles et comment Gaëlle et Karine auraient fait. Puis j'ai réalisé que c'était injuste. D'abord, parce que sur les photos d'intérieurs, on ne voit jamais, je dis bien jamais, les trucs qui sont laids mais obligatoires : les prises électriques, les fils électriques, la litière du chat, l'aspirateur, le rouleau à Sopalin…

En me faisant cette liste, j'ai commencé à me sentir un peu oppressée, et quand je dis « un peu oppressée », ça veut dire : j'ai eu envie de tout balancer par la fenêtre. J'ai gardé mon calme et j'ai imaginé que j'étais une meuf qui bossait dans le home staging et que cet appartement appartenait à Francis (tiens, c'est marrant, mes amis imaginaires ont souvent des noms qui finissent en is, comme le Régis de mon enfance), un étudiant dépassé depuis qu'il n'habite plus chez sa mère (je n'habite plus chez ma mère depuis plus de quinze ans).

« Francis, pour la litière du chat, je te propose de la cacher derrière un petit rideau japonais, tout ce qui est électroménager doit être rangé dans un même endroit et jamais à la vue et, pour les prises et les fils, tu peux tout simplement les cacher, il existe aujourd'hui des boîtiers cache-câbles hyper design, hyper sympas. » Grosse conne, je lui ai répondu dans ma tête.

Non, mais franchement, quel genre de personne perd son temps à acheter un boîtier cache-câbles ? Juste après, elle m'a répondu : « Quel genre de personne se prend pour une meuf qui fait du home staging et parle à un ami imaginaire qui s'appelle Francis ? »

Oh ça va, tu te calmes. Cette espèce de dialogue intérieur m'a épuisée et c'est à ce moment-là que j'ai renoncé à tout projet de déco, et à toute activité pour le reste de ma journée. L'idée même de m'imaginer en train de faire entrer des fils dans un boîtier m'avait complètement déprimée.

Je me suis dit qu'il fallait que je sois plus indulgente avec moi-même et moins idéaliste aussi. Ça va, on sait très bien que ces photos ne représentent que la partie visible de l'iceberg et que le reste, c'est sûrement le bordel. J'ai vidé l'eau immonde qui stagnait dans le vase et j'ai mis les fleurs à sécher au soleil. Si ça se trouve, ça marchera et, dans quelques jours, je pourrai les mettre dans mes toilettes et prendre une jolie photo.

C'est quand même chiant cette obsession chronique pour la déco. Je dis qu'elle est chronique, parce que ce n'est pas vraiment quelque chose qui fait partie de moi, genre j'aime la littérature, j'aime le cinéma blablabla, non, c'est plus un truc névrotique.

D'ailleurs, on ne peut pas franchement dire que j'ai bon goût, ni même une sensibilité particulière pour l'architecture d'intérieur. Je n'ai aucune idée de ce que j'aime ou de ce que je n'aime pas, je sais juste que je suis capable de projeter mon quotidien d'une façon totalement différente selon les coussins que je vais choisir de poser sur mon canapé.

Je mate des magazines de déco et des catalogues AM PM avec la même excitation que quand, enfant, je découpais les catalogues de jouets Euromarché avant Noël (Euromarché, bonjour le coup de vieux), et j'entoure des vases, des bougeoirs, des tapis en étant assez convaincue qu'ils rendront ma vie meilleure.

En ce moment, comme on est fin février et que c'est un peu la déprime, j'ai envie de matières douces, enveloppantes, je fais une fixette sur le velours, de préférence rose, moutarde et aussi cette espèce d'orange du canapé dans *Friends*. Je crois que dans *La Maison France 5*, ils auraient appelé ça cognac, même si ça a plutôt une couleur de whisky, bref une couleur qui te donne envie de boire un digeo au chaud.

J'essaye de compenser le départ du sapin et des guirlandes lumineuses par des choses encore plus envahissantes.

Quand on a enlevé le sapin de deux mètres, mon mec m'a dit : « Ah ça fait du bien de retrouver un peu d'espace !! », c'est parce qu'il ne sait pas encore que j'ai repéré un yucca le jour même de l'abandon du sapin, pour combler cet ÉNORME vide. Chaque fois que je vois sa place, j'entends une petite voix, comme une voix de lutin de Noël (tout est normal), qui me dit : « Eh oui la fête est finie » et ça me déprime !!

Je veux me consoler dans de gros rideaux lourds, des tapis persans et, demain, je materai une conne sur Instagram super bien foutue en train de poser dans son appartement haussmannien et je voudrai son tapis berbère. C'est insupportable de se faire avoir à ce point. Surtout pour un boucherouite.

À la limite sur les fringues, sur une coupe de cheveux, je peux comprendre, il peut y avoir confusion avant de réaliser que ce que tu voulais vraiment, c'était la gueule du modèle et pas son carré flou, mais sur la déco, franchement...

Maintenant, j'ai une méthode pour savoir si je désire vraiment la déco que je mate sur Instagram : je m'imagine à la place de la meuf qui pose, dans mon survêt gris chiné du dimanche, celui qui a une petite tache de gras qui ne part pas sur le genou. C'est radical pour prendre des décisions, et surtout, pour acheter plus de plaids – un peu moins de bibelots en rotin.

Faut dire que j'hiberne aussi… En ce moment, je suis obsédée par les têtes de lit. Je n'en ai jamais eu. Pour moi, ça serait un vrai passage vers la vie d'adulte. Oui, je dors, je traîne, je travaille allongée, mais j'ai une tête de lit ! Et ça, ça change tout ! J'avais déjà ressenti une évolution quand, vers 25 ans, j'avais quitté mon studio pour un deux-pièces et que j'avais mis un sommier sous mon matelas. Subitement, je prenais de la hauteur, ça rendait le dodo moins dépressif. Si ça continue comme ça, je pense qu'à 40 ans je ferai installer des baldaquins et, depuis mon lit, je me prendrai pour Sissi l'impératrice.

En attendant, dans soixante-douze heures, je reçois un nouveau couvre-lit que j'ai trouvé en ventes privées. Un truc très épais, douillet, en velours de soie brodé et tout plein de coussins pour aller avec ! Espérons que l'hiver soit long, histoire que j'en profite avant de vouloir tout dégager. Tiens, cette histoire de matelas, ça me fait penser que je n'ai jamais lu *La Princesse au petit pois* à mon fils !

Degré de sociabilité : 2/10

Samedi dernier, il est environ 19 heures, mon fils et mon mec sont partis en week-end entre garçons et, pour profiter de ma liberté, j'hésite encore entre boire un verre avec Thibault ou mater *Koh Lanta* comme une merde en mangeant un truc, quand Alice m'appelle et change mes plans. Elle fait un dîner ce soir et, apparemment, il faut ABSOLUMENT que je vienne !!

Comme je suis paresseuse, et que je peux potentiellement être vexée par cette invitation de dernière minute qui ressemble à un oubli, je me cherche des excuses :

« Oh ! la la, mais tu me préviens au dernier moment, ça fait longtemps que c'est prévu ? Pourquoi tu ne me préviens que maintenant ??!

— Allez, fais pas genre t'avais un truc ! (Remarque plutôt vexante mais totalement dans le ton d'Alice.) C'est juste que j'invite des potes à dîner et je viens de réaliser que vous vous entendriez HYPER bien ! Viens !! Ça te fera du bien en plus. »

Dans ma tête, je me dis que ce qui me ferait vraiment du bien, c'est une pizza devant *Koh Lanta*, mais je prends sur moi et je décide d'y aller, d'autant plus que je digère de plus en plus mal la farine blanche.

Le temps de me doucher et de me maquiller, je ne peux pas m'empêcher de cogiter. Elle est quand même étrange cette invitation, le timing, le prétexte et ce ton sur lequel elle a dit

« Ça te fera du bien en plus », ça sonnait quand même un peu comme un jugement. Et puis chiante comme je suis, qu'est-ce qui peut lui faire penser que je m'entendrai bien avec ses amis ?

Dans un élan de narcissisme, je me dis que si ça se trouve, elle a appris qu'un de ses potes était fan de mon boulot et qu'il rêve de me rencontrer, du coup, ça booste ma confiance et je pars de chez moi, sereine.

À peine arrivée, Alice me saute dessus pour faire les présentations : « Cléa et Nico je vous présente Nora, Nora, je te présente Cléa et Nico, Cléa écrit des guides de voyage, elle vient d'en publier un sur la Toscane, t'adores la Toscane, toi, Nora, c'est ça ? »

C'est hyper gênant et hyper artificiel ce qu'elle est en train de faire, on dirait moi qui oblige mon fils à jouer avec un autre enfant au parc, juste parce qu'ils ont exactement le même râteau : c'est dingue !!!!

En effet, j'aime la Toscane, on en discute vite fait et c'est à mon tour de me présenter : « Bah, moi, je suis comédienne, j'écris, je joue mon show et, parfois, j'ai une pastille à la télé… » Je le dis avec une fausse modestie, un petit air bien lourd qui sous-entend : mais vous le savez bien…

C'est là que Nico me répond : « Ah pardon, on n'a pas la télé, désolé !! Et tu fais quoi en fait ? Tu fais des blagues ? »

OK, donc, on était clairement très loin de mon délire « Star à domicile », ça m'apprendra à me faire des films où je me prends pour Pascal Obispo. Sa copine enchaîne : « On est nuls, pardon, faut qu'on s'y mette à la télé quand même. » Elle m'agace à s'excuser et ce plaisir qu'elle prend à dire qu'elle n'a pas la télé, c'est d'un snobisme. Elle poursuit :

« Et c'est marrant ?

— Non non, c'est à chier, hahaha, j'essaye, enfin, c'est pas à moi de dire, hin hin. »

Voilà à peu près ce que je peux retranscrire de ma réponse.

Tandis que résonne mon rire forcé, Alice nous sert enfin une coupe, que je bois naturellement cul sec. Au moment de passer à table, je me dis que ça va être long et je me souviens avec un pincement au cœur qu'à la base j'avais prévu de mater tranquillement *Koh Lanta*... Je me sens tellement beauf par rapport à eux, j'essaye donc de compenser :

« Et y a énormément d'agriturismo en Toscane, non ? »

Je sens que je vais me faire chier.

Ce qui est dingue, c'est de voir à quel point Alice est à côté de la plaque ! Chaque fois qu'elle pense que je vais adorer quelqu'un, ça ne passe pas du tout !

C'est aussi parce qu'elle est idéaliste, elle aimerait que tous ses amis s'aiment, qu'on forme tous ensemble une sorte de famille, alors que, moi, dans le partage de ce genre de truc j'ai des limites.

Typiquement, en amitié, mes amis restent les miens et autant j'aime bien qu'ils s'entendent entre eux, un peu, autant je préfère l'idée qu'ils soient à moi !! Oui, j'ai dit à moi ! Je m'en fiche, je suis dans ma tête, je ne dirais jamais ça à voix haute. À voix haute, j'aurais dit : « Moi en amitié, je suis un peu exclusive. » Ceci dit, je comprends que, quand on aime quelque chose, on ait envie de le partager.

Combien de fois je me suis engueulée juste à cause de ça au resto avec mon mec, quand il ne veut pas goûter mon plat qui est quand même divin !

« Mais goûte !! Je te dis que c'est bon !! Vas-y, goûte ! »

Et lui : « Non, vraiment, je te dis que j'aime pas les crevettes !

— Mais ça n'a pas du tout le goût de crevette ! Goûte, je te dis !

— Non, je t'assure, ça me donne pas envie. »

Et je deviens dramatique : « Mais tu ne veux pas savoir ce que j'aime, tu ne veux pas connaître le goût de ce que je trouve délicieux ? Moi, si tu trouvais quelque chose de délicieux, j'aurais envie de savoir ce que c'est ! »

Bon sang ce que je peux être lourde. Parfois je comprends mieux quand on me dit : « Qu'est-ce qu'il est patient, ton mec », même si ça a le don de m'agacer !!

Bref, pour en revenir au sujet de l'amitié, c'est un peu à cause d'Alice qu'Adélaïde est entrée dans ma vie et que je fréquente maintenant régulièrement quelqu'un que je n'aime pas.

C'est même pas que je l'aime pas, c'est juste que je ne la sens pas. Au départ, j'ai essayé de prendre sur moi, de me dire que je n'avais vraiment aucune raison et qu'il fallait que je fasse un effort, puis j'ai fini par lâcher l'affaire et me dire que s'il y a bien un truc qu'on ne peut pas contrôler, ce sont les sentiments.

Le truc qui m'a étonnée, c'est que ça a été immédiat. Du premier jour où elle m'a dit bonjour jusqu'à hier quand je l'ai recroisée, j'ai eu ce même feeling chelou, cette petite voix intérieure de coach en développement personnel, qui me disait un truc du genre : *Celle-là, il ne faut surtout pas en faire une copine, pas une confidence, pas une blague, rien.* Pourtant, il y avait plein d'éléments pour que ça se fasse, le premier étant que chaque fois que j'ai détesté gratuitement quelqu'un, j'ai toujours été comme punie de juger trop vite en l'adorant quelques jours plus tard, et aussi que cette fille je l'ai vue plusieurs fois dans des cadres festifs, et que quelques verres m'ont souvent aidée à régler ce genre de relations. Généralement, ça se passe toujours de la même façon : éméchée, je décide de crever l'abcès – un peu comme si je faisais une confidence, pour ne pas passer pour quelqu'un d'odieux, je valorise la personne avec un élément flatteur du genre « Je pense que j'étais jalouse de toi », ou « J'adore tellement tes cheveux » (la superficialité de l'élément variant selon le nombre de verres), ensuite, la personne se confie et me dit qu'en effet elle avait remarqué un malaise et que JAMAIIIIIIIS elle n'aurait imaginé que ça pouvait être à cause de ses cheveux, et ça finit autour de « On trinque », un petit câlin, et c'est oublié. #conversationdemeufsbourréesémotives.

Mais, avec elle, impossible d'en arriver là. Impossible même d'en arriver à l'étape du crever d'abcès. Cette fille me met tellement mal à l'aise, c'est comme si elle avait le pouvoir de me « débourrer » immédiatement. Il suffit que je la voie pour que je reprenne totalement le contrôle de ma personne et que j'enfile mon armure et mon bouclier. Vous savez ces gens qui ont un truc qui nous glace, et nous mettent directement sur la défensive sans avoir dit un mot, juste en un regard, une remarque con, n'importe quoi, mais un truc qui sonne faux.

Oui, parce qu'il est là, le vrai problème, elle est fausse. Là, tout de suite, comme je n'ai personne à qui en parler, je me fais un petit dialogue dans ma tête, et ma deuxième voix vient de me répondre : *Mais graaaaave elle est fake cette meuf* (oui c'est la voix de ma pote imaginaire un peu lourde qui utilise des mots anglophones à tout bout de champ). Je crois que ce qui me rend le plus dingue chez elle, c'est qu'elle fait croire qu'elle m'aime bien, et forcément comme, moi, je suis incapable de faire semblant, je passe pour la méchante de l'histoire et je me mets à culpabiliser (enfin vite fait, hein). Le truc qui peut me rendre ouf, c'est quand un pote prend parti pour elle avec un argument du genre : « Mais elle, elle t'aime beaucoup ! »

Non mais, c'est une blague ? Elle m'aime beaucoup pour me faire chier, oui !

Ça me rend folle, mais folle !! Déjà parce que c'est faux, je le sais, je le sens (tiens, c'est une chanson ça, non, « je le sais, je le sens »), et qu'ensuite parce que, même si elle m'aimait, ça prouverait bien qu'elle n'a aucune intelligence émotive, aucune sensibilité pour apprécier quelqu'un qui ne l'aime pas. Hein ??? Je ne sais plus ce que je dis.

Du coup, toute seule dans ma tête, je viens de me pondre une vraie question : peut-on aimer quelqu'un qui ne peut pas nous blairer ? Vous avez trois heures.

Hashtag withmakeup

Je ne m'aime toujours pas sans maquillage Ou plutôt je n'aime toujours pas me montrer sans maquillage. C'est quelque chose que j'assume assez facilement, sauf que, depuis peu, j'ai le sentiment que c'est un peu la honte de l'avouer. Je m'en suis aperçue l'autre soir, en traînant à la maison avec Alice. Au bout de quelques verres, elle me propose de sortir rejoindre du monde, pour une fois je suis d'accord, par contre, il faut que j'aille me maquiller. Je sens que ça la dérange un peu :

« Ça va, tu peux sortir comme ça ! »

Déjà, j'avais les lèvres légèrement violacées à cause du vin, donc non, et puis, surtout, je déteste voir du monde démaquillée. Seule, pour faire une petite course OK, avec du monde, non. Depuis ma salle de bains où j'étale ma touche « éclat » stratégiquement, je l'entends me juger de loin :

« T'es grave quand même, meuf !! On est en 2020 !

— Non mais quel rapport qu'on soit en 2020 ?

— Bah, faut se libérer de tout ça ! »

La réalité, c'est que j'aimerais surtout qu'elle me libère de ses jugements. Ça, ça me ferait du bien. Qu'on quitte une certaine tyrannie de l'image, oui, mais qu'on nous lâche avec le zéro complexe ! Chacun fait comme il veut et surtout comme il peut.

C'est comme si on était passées d'une époque où on devait toutes essayer de ressembler à des poupées Barbie à une époque où on est toutes obligées de s'adorer comme on est. Parce qu'elle est là la réalité, il ne s'agit pas seulement de s'accepter, il s'agit de s'adorer, et de se montrer #nomakeup, mais avec un super filtre Instagram.

Ça va, moi aussi, je veux bien me promener dans la rue sans maquillage, si le monde est en noir et blanc ou en filtre Crema. Enfin, je dis ça, il jaunit légèrement le teint.

Moi, je suis une ado des 90's. J'ai grandi en trouvant Ophélie Winter magnifique, j'ai rêvé d'avoir des rajouts et j'ai béni les push up de Dim. S'aimer au naturel à l'époque, c'était pas trop à la mode. Moi, je cherchais à ressembler à tout le monde sauf à moi : à Neve Campbell dans *La Vie à cinq*, à Sarah Michelle Gellar dans *Buffy*, à Posh Spice ou encore à n'importe laquelle des *All Saints*, parce que je n'arrivais pas à décider laquelle j'aimais le plus.

Alors oui, heureusement, on change, on se détend et on apprend à aimer des trucs qu'on détestait. On comprend qu'un bouton, ça ne se camoufle pas avec une montagne de cache-bouton Diadermine, que le fond de teint foncé n'est pas l'idée du siècle, que ça ne sert à rien de se raidir les cheveux au fer et que les taches de rousseur, c'est pas si mal, mais on ne peut pas non plus tout changer, ni tout aimer.

Typiquement, on ne peut pas demander à une fille qui a eu les sourcils aussi fins qu'un trait de stylo-plume de se rêver avec l'épaisseur de Cara Delevingne.

En rentrant du pot, je me suis démaquillée en pensant à tout ça. Hormis le fait que je me mets systématiquement trop de lotion dans les yeux et que ça me brûle, je suis toujours contente quand je me démaquille. Je retrouve ma tête, et bientôt mon pyjama, et bientôt mon lit… Sous mes draps, je me suis souvenue de ce jour où j'avais croisé une connaissance sans rien sur la gueule. Elle m'avait dit : « T'as une petite tête. »

Je lui avais répondu : « Non, non, c'est juste ma tête normale, en fait. »

J'avais tellement rougi, pas parce que je me trouvais moche, non, mais parce que c'était intime.

Je me suis souvenue de la Saint-Valentin

Pourtant, je m'en fous un petit peu de cette fête, pas tant à cause du discours sur « Ouais, mais c'est surtout une fête commerciale », qui m'est encore plus pénible que la fête en elle-même, mais disons juste que, pour moi, ça ne représente qu'un vague souvenir d'enfance. Oui, je crois que je place la Saint-Valentin au même rang que la Sainte-Barbe ou Mardi gras, un truc qui a commencé à me fasciner en primaire et à perdre de son intérêt dès la fin du lycée. Une animation mignonne pour décoincer les enfants, comme quand on les fait chier à l'Épiphanie et qu'on les force à choisir une reine, sauf que, là, on les pousse à fabriquer un cœur en pâte à sel. *Tu l'offriras à ton amoureuuuuuuuuuuse.* Ce qu'on peut être lourde parfois. Plus tard, au collège, je me souviens que la Saint-Valentin était surtout un indicateur de popularité. On se demandait combien de lettres on allait recevoir, combien de chocolats, combien de « Est-ce que tu veux sortir avec moi ? ».

En me remémorant cette dernière phrase, j'ai tout de suite eu le cafard. Enfin, d'abord, j'ai eu la voix de Poupette dans *La Boum* dans la tête « Sortir sortir, ou sortir ? », ensuite, j'ai eu le cafard. Mais parce que c'est tellement loin ! Tellement loin que je ne sais même pas si ça se dit encore, et ça, ça prouve que c'est loin. Faudrait que je fréquente plus de jeunes pour avoir une idée de comment on formule les choses aujourd'hui. Par exemple « rouler un palot », je suis assez sûre que ça ne se dit plus, même en 1999, c'était limite limite. Et puis qui dit « les jeunes », à part les vieux ?!

À force de me plonger dans tous ces mots, je me suis souvenue de ce que c'était qu'être amoureuse à 15 ans. Ça a été vertigineux. Je me suis souvenue de l'urgence, du cœur qui palpite, des pauses à l'infirmerie, juste pour espérer le croiser dans la cour, des râteaux, de se faire plaquer, des pleurs non-stop pendant des nuits entières, de penser qu'on ne s'en remettra jamais et puis, quarante-huit heures après, s'en foutre. Mais alors s'en foutre complètement.

Ça faisait longtemps que je ne m'étais pas replongée dans l'adolescence. Je crois que la dernière fois que ces sensations étaient remontées, c'était il y a un peu plus d'un an, après avoir acheté dans la même heure des Skittles et des Fraisoo dans un distributeur de bouffe en plein syndrome prémenstruel. J'avais retrouvé les mêmes gestes qu'à l'époque, le coup de l'épaule contre la machine pour débloquer le paquet de bonbons, et la même boulimie, le même besoin de sucré-acide pour me consoler d'un 2/20 en maths (sauf que, là, je me consolais d'un dégât des eaux ou d'une douleur aux ovaires), la même vitesse d'ingurgitation, la même soif juste après. C'est marrant tout ce que ça fait de reproduire des gestes du passé, y a qu'à voir comme on a besoin d'appuyer sur les touches dès qu'on tombe sur un vieux téléphone à cadran. Ensuite, on prend le combiné, on le pose sur son oreille et, niaisement, on lâche : « C'est marrant quand même. » Et puis, se dire qu'il y a des gestes qu'on ne fera plus jamais, c'est bizarre ça aussi.

Sans trop savoir pourquoi, j'ai pris mon téléphone, et comme d'habitude, j'ai regardé Instagram : il y avait plein de hashtag #Valentinesday #MyValentine #love, sur des photos que j'ai fait défiler pendant de longues minutes avec mon pouce… Avant de réaliser qu'il y a aussi de nouveaux gestes qu'on fait beaucoup trop.

Plus tard, on s'est donné rendez-vous avec mon mec à une fête que Thibault organisait. Ce soir-là, je ne sais pas si c'était à cause du timing Saint-Valentin, d'avoir repensé à mes émotions d'adolescente, ou si c'était mon syndrome prémenstruel, mais j'ai presque été jalouse.

Jalouse comme je ne pensais pas qu'on pouvait l'être à l'âge adulte. Je ne dis pas que la jalousie est uniquement réservée aux enfants ou aux adolescents, mais disons que, pour moi, c'est quand même le signe d'une énorme immaturité émotionnelle. J'ai été maladivement jalouse plus jeune et puis, en vieillissant, j'ai compris qu'il n'y a aucune issue heureuse à cela. Au pire, des échanges interminables où l'on demande à l'autre de se justifier d'une situation qui n'existe pas, au mieux un marquage de territoire à base de gros suçons dégueu.

J'en ai fait des tonnes, des suçons. Chaque fois que je me méfiais d'une meuf, suçon. Je me souviens que j'avais toujours une petite honte en aspirant le cou du mec, je me sentais comme un chat qui urine dans le nouveau canap pour s'approprier les lieux. Sauf qu'au lieu du canap, c'était un pauvre ado blindé de bleus sous son col roulé Poivre Blanc. N'empêche qu'à une époque ça me semblait indissociable de l'amour. Je voyais dans la jalousie un truc passionnel. Je vivais ma relation comme dans « The Boy is mine » de Brandy et Monica. Au lieu de

vibrer par mes sentiments, je me faisais vibrer par mon imagination. Parce que c'est ça, la réalité. Si je dois être complètement honnête, j'ai beaucoup plus souffert de films que je me suis faits que de faits réels.

Je me créais des situations de toutes pièces, des ennemies imaginaires, juste pour me faire peur, pour me faire du mal, et j'attendais d'avoir une estime personnelle bien basse pour mettre tout ça en scène. Le film était à chier, un truc sans nuances, qui ressemblait vaguement à un film de cul et dans lequel j'allais sortir perdante, parce que l'amour triomphe toujours. J'étais seule sur mon canap en survêt avec un gros bouton sur le menton et ça pouvait commencer. Ouais, il va rencontrer cette meuf et, au début, elle lui dira juste bonjour, l'air de rien, fraîche et souriante, elle rira à ses blagues, ça le flattera et il en conclura : « Bah oui, c'est ça, l'amour, cette fille légère, avec ses cheveux clairs tout raides et qui rigole à mes blagues, pas l'autre en survêt avec son bouton sur la gueule qui hurle pour un rien. » Au départ, il se retiendra parce que c'est interdit, et c'est là que les sentiments augmenteront…

C'est généralement quand j'en arrive à cette étape du film que ma névrose cesse d'être secrète et que je décide de la partager, comme un cheveu sur la soupe. Je balance tout en avalant ma pizza : « Au fait, si un jour t'as envie de me tromper, surtout ne te retiens pas, ça serait encore pire. Je préfère encore que tu me trompes plutôt que tu te dises, ah la pauvre. Ça serait encore plus humiliant. » Bah tiens. Évidemment, puisque tout ça n'est qu'une affaire d'ego. D'orgueil et d'ego. La preuve, alors qu'on est adultes aujourd'hui, qu'on est supposés être sortis de tout ça, chaque fois qu'une pote se plaint de la jalousie de son mec, t'en as toujours une pour dire : « Ouais, mais bon, c'est flatteur ! » Alors que pour avoir été à la place de ce mec, ce n'est pas flatteur, c'est con !

Et puis chez Thibault, il y a eu cette fille. Elle était là avec ses cheveux longs comme on les portait en sixième (genre jusqu'aux fesses) avec une jupe courte comme je n'en porte plus depuis la seconde (genre jusqu'aux fesses) et elle a juste dit à mon mec : « Bonsoiiiiir. » Mais dans un souffle et dans l'oreille. Je n'arrivais pas à savoir si ce qui me choquait le plus, c'était son comportement, ou alors le fait qu'elle incarnait dans la vraie vie toutes les meufs que j'avais imaginées dans mes pires films. À un moment, je me suis presque vue comme une voyante, je me suis dit : *Eh bah voilà, ce n'était pas de la paranoïa, c'était de l'instinct, le moment est arrivé, ton flash est arrivé, et avec lui cette grosse conne !!* J'étais à deux doigts d'embrayer, j'avais toute l'inspiration pour la suite du scénario. TOUTE la suite ! Mais je me suis contentée d'un bonsoir. Pour mon ego.

Amour et dépendance

Je n'ai pas précisé que je ne suis pas retournée chez le psy. Jusque-là, je tiens bon, notamment parce que j'ai compris l'élément majeur de toutes mes névroses : je pense à la place des gens. Que ce soit dans le boulot, dans ma vie privée ou dans absolument toutes mes relations, je suis assez convaincue de savoir ce que les gens pensent de moi, et du coup d'agir en conséquence.

Si on devait faire un cas pratique de ce que je vous raconte là, une sorte de TD, je prendrais un exemple amoureux : Je vais être un peu lourde avec mon mec, pour une raison que j'ignore, disons que je n'ai pas le moral, ensuite je vais culpabiliser d'avoir été aussi lourde, je vais imaginer qu'il veut rompre avec moi, du coup je vais adopter un comportement hyper froid pour rester digne dans la rupture. Sauf qu'en fait, plus tard, je découvrirai qu'il ne comptait pas me larguer, que du coup je suis juste odieuse pour rien, et que si ça se trouve il va peut-être finir par me larguer, à cause de tout ce cinéma ! Atroce. C'est ce qu'on appelle le serpent qui se mord la queue. Ou ce qu'Alice formulerait par : « Non, mais attends, à force d'imaginer le pire, tu vas finir par le provoquer ! »

Et que mon psy analyserait par un truc du genre : « Est-ce que tout ça ne serait pas certainement lié à une forte angoisse d'abandon ? »

Et il aurait raison.

La peur d'être quittée est plus forte encore que le sentiment amoureux. Cette relation qui nous fait croire qu'on vibre, alors qu'on tremble juste à l'idée de se faire larguer.

Heureusement, je dois dire que je commence à guérir (très légèrement et très doucement) de ce problème.

J'ai même tellement guéri que j'ai réussi à le théoriser. C'est généralement ce qui se passe quand j'arrête de souffrir de quelque chose, je passe de victime à donneuse de leçons. De la meuf qui en chie à celle qui a tout compris, comme une sorte de compensation, un truc du genre : *J'en ai tellement bavé, j'ai quand même le droit de me la péter un tout petit peu, que ça me serve à quelque chose.*

J'ai donc théorisé ce sentiment en un syndrome, le syndrome de la relation auto-adultérine : en gros, ça consiste à aimer l'autre plus que soi-même, parce que si on s'aime aussi, ça reviendrait à le tromper.

La leçon, je l'ai donnée à la cousine de mon mec qui était de retour chez nous l'autre soir et qui me parlait, effondrée, de sa « relation compliquée ». Traduire relation compliquée par : je sors avec une merde.

Non, mais parce que ça va, ce n'est jamais compliqué à cause des deux personnes, c'est toujours : *En fait, il sort d'une relation difficile, en fait son ex elle était dépressive, en fait sa meuf lui a fait un enfant alors qu'il était pas prêt...*

Ouais, donc, c'est lui qui est compliqué, c'est pas la relation.

C'est comme le « Ils ont décidé de se séparer, c'était d'un commun accord », mais enfin ça n'existe pas !! C'est encore un truc social pour qu'il n'y ait pas de victime, mais il y en a toujours un qui largue. Et je sais de quoi je parle. La coïncidence ou le bon timing dans la rupture amoureuse n'existe pas ! Ils ne se disent pas « J'ai un truc à te dire », « Oh, marrant, moi aussi », « OK on se le dit à 3 : 1, 2, 3, je te quitte !! », « Trop bien, moi aussi !! J'avais la même idée !! Du coup, on reste amis ? »

Non : il y en a un qui largue, et l'autre qui subit. De toute façon, tu n'as pas le choix de ne pas être d'accord, tu vas encaisser et, quelques jours plus tard, envoyer des textos d'amour, puis de regrets, puis de chantage affectif, puis d'insultes, puis d'« erreurs » (je mets les guillemets parce qu'on sait bien qu'il s'agit de fausses erreurs), tout ça jusqu'à guérir ! Bref, la cousine de mon mec a passé la soirée chez nous en angoisse, parce que son mec ne répondait pas à ses messages.

On a dû passer la soirée à se demander pourquoi. Le vide intersidéral. On se serait cru sur le plateau d'une chaîne d'info en continu, quand ils sont en boucle sur une seule info, parce qu'il n'y a rien d'autre à commenter en ce moment.

Il n'a peut-être plus de batterie, il a peut-être oublié son téléphone, il a peut-être besoin de temps… Et là où, à une époque, t'estimais que la solidarité féminine consistait à dire un truc du genre :

« Non, mais peut-être qu'il est occupé et qu'il te répondra demain. »

Aujourd'hui, ça s'est transformé en :

« Peut-être qu'il s'en cogne et que c'est un connard. »

C'était peut-être un peu violent, mais c'était pour son bien !

Et précision entre nous, ce n'est pas tant qu'il s'en cogne, d'ailleurs, qui fait de lui un connard, c'est qu'il ne l'assume pas.

Son mec, tel qu'elle me l'a décrit, c'est ce genre de connard qui veut qu'on l'aime, mais qui, lui, est trop « abîmé par la vie » pour aimer et dont la souffrance intérieure passe avant ta dignité. La lourdeur quoi, ce genre de type qui te fait croire que c'est l'essence même du romantique des temps modernes, alors qu'en fait c'est juste un gars branché non-stop sur Tinder et qui picole trop pour bander. Donc pour répondre à un texto, je ne peux même pas imaginer.

Bref elle était là à me faire le portrait de ce mec atroce, en me disant : « J'ai peur de le saouler, j'ai peur qu'il me quitte »…

Un peu comme moi quand je me fais un plateau de fromages en espérant toujours ne pas péter toute la nuit, alors qu'on sait tous très bien que le lait de vache, c'est indigeste pour 75 % de la population, et, là, je lui fais : « Mais tu n'es pas amoureuse, tu as peur qu'il te quitte ! Ça n'a rien à voir !! »

J'étais en colère parce que en l'écoutant, je ressentais à nouveau cette boule au ventre, ce cœur qui palpite et te fait sentir si vulnérable, et ton rythme cardiaque qui ne dépend que d'un texto non reçu. C'est insensé. Ça me paraissait trop début 2000 comme façon de souffrir par amour.

La meuf sort avec un gros con, mais, lui, comme il la traite l'air de dire « À tout moment je te quitte parce que tu ne vaux pas grand-chose », elle est persuadée d'être amoureuse. Mais moi aussi, j'ai été comme ça, on a toutes été comme ça.

Je me souviens, à une époque, je sortais avec un mec, je ne trouve même pas les mots pour dire à quel point il avait peu d'intérêt. Déjà, j'étais tombée « amoureuse » par challenge, encore une erreur typique de la vingtaine. Le gars plaisait à beaucoup de filles, il m'a emballée moi, ça m'a suffi pour planer. Après, il faut me comprendre, je n'ai jamais été prise dans aucune équipe de sport, je n'ai jamais eu aucun prix, là, franchement, c'était comme une première médaille.

Le mec se vivait comme le gars le plus sexy du 10e arrondissement, et le pire c'est qu'il en était si sûr qu'il en était presque convaincant. Je ne comprends pas le profil psychologique de ces gens si sûrs d'eux. Alors il y aura toujours des amis pour dire : « Au contraire, ça cache un grand manque de confiance… »

Mais j'ai décidé, en général dans la vie, de ne plus du tout m'attarder sur ce que ça cache ou pas et de me fier uniquement à ce qu'on me donne à voir. Ça suffit de faire le boulot à la place des gens.

C'est comme toutes ces personnes hyper malpolies « parce que ça cache une timidité ». Je n'en ai rien à foutre. Moi aussi, j'ai plein de choses dans des cachettes et je fais de mon mieux. Enfin, je crois.

Bref, j'étais dans une relation avec ce con qui ne faisait que de mettre notre histoire en pause régulièrement, parce qu'il avait besoin d'air, un genre de claustro chronique ou je ne sais quoi…

Et, moi, j'étais là : « Tu crois qu'il m'aime ? tu crois qu'il m'aime ? »

Alors que la première question que j'aurais dû me poser c'est : « Tu crois qu'il est con ? Tu crois qu'il est con ? »

La réalité, c'est que la connerie de l'autre est comme annulée par l'amour qu'on voudrait qu'il nous donne. On n'arrive plus à voir les défauts de l'autre tant que lui n'a pas mis en valeur nos qualités.

C'est comme ça qu'on perd son estime personnelle et qu'on finit par penser des trucs du genre : *Non, mais s'il est fermé, c'est peut-être moi qui suis allée trop vite…* En gros, si je suis mal accompagnée, c'est peut-être parce que je le mérite. Sans compter la culpabilité, le sens du devoir, le désir de les soigner : Avec moi, ça sera différent, il a besoin d'une femme patiente, d'une femme à l'écoute.

Alice, à une époque, sortait avec un gars tellement con, elle a carrément failli faire psycho, juste pour mieux le comprendre. La perte de temps que ça aurait été.

Et toute cette souffrance, toute cette vulnérabilité, elle vient du fait qu'on te bassine avec la passion, avec le fait de vibrer ou non.

Comme si, toi, t'étais une machine qu'on branche et lui une prise qui lance du jus.

Quelle horreur !

Mais parce que tout le monde flippe de ça. Tout le monde flippe de ne plus avoir de passion et de se réveiller un jour dans une vie de couple plan-plan avec un Matthieu Chatte qui mangerait tes croûtes de fromage en te racontant ses journées à la banque.

C'est notre hantise !

Rien que l'autre jour, Alice me dit : « Je ne sais pas, en ce moment, ça va pas trop avec Brice. Je suis partie deux jours et il ne m'a pas manqué… »

Il ne manquerait plus qu'il lui manque ! La fille culpabilise d'apprécier un moment de liberté, c'est quand même dingue !

Tout ce que je raconte là, je le racontais donc à la cousine de mon mec.

Ça faisait plus de deux heures que je lui faisais mon monologue façon conférence TED sur l'amour, en m'emballant sur mes théories d'abandon, les rapports de force et la pression sociale, autour d'une petite bouteille d'un vin blanc pétillant hongrois, quand elle a reçu un texto. Elle a bondi du canapé, d'un coup : « Han, faut que je file ! Merci, ça m'a fait trop de bien ! »

Tu parles ! Elle n'en avait déjà plus rien à foutre et, en le retrouvant, elle aura carrément tout oublié. Elle vivra sa passion, pendant que, moi, je serai en train de ranger nos planches d'apéro et de prendre mon Gaviscon pour mieux faire passer le vin blanc.

Ils étaient beaux mes discours, mais, là, bizarrement, je me sentais comme une merde, comme quoi on dépend vraiment tous du regard de quelqu'un. À moins que ce soit de notre propre jugement.

Les poilues

Hier, je suis allée me faire épiler en institut. Depuis presque deux ans, je m'étais mise à faire ça moi-même, ou à faire appel à des services d'esthétique à domicile, parce que, quand j'ai l'occasion de ne pas bouger mon cul de chez moi, généralement je la saisis. Puis je me suis aperçue que j'avais un mollet bi-goût. Pour info, un mollet bi-goût c'est un mollet mi-imberbe, mi-poilu, faute de souplesse lors de l'épilation. On pourrait aussi l'appeler mollet morbier, du fromage morbier, tout blanc, avec un trait noir de poils juste aux trois quarts.

Je ne me souviens plus très bien du moment où j'ai décidé d'arrêter d'aller en institut, mais il me semble que mon micro-traumatisme date d'une épilation du maillot d'il y a un an, quand juste après m'avoir « talquée », l'esthéticienne m'a dit qu'elle avait réservé une place pour mon spectacle. Sur le coup, ça ne m'avait pas particulièrement gênée, je lui avais même proposé de lui offrir la place. C'est plus tard, au moment où, sur scène, j'ai croisé son regard dans le public, que j'ai commencé à le vivre un peu mal. Subitement, le cauchemar du « Je suis nue sur scène » ou « nue devant une classe entière » devenait plus réel, puisque tout en racontant mes petites blagues, je ne pouvais pas m'empêcher de me dire : Cette femme m'a vue nue, en position de grenouille. Ça aussi d'ailleurs c'est un problème, la position de grenouille, qui, en vrai, devrait s'appeler position cuisses de grenouille dans une assiette, ou de grenouille morte, puisque la position d'une grenouille, c'est juste d'être accroupie en faisant des bonds ! Oui, il y a quand même un truc super gênant avec les « codes » de l'épilation en institut et, par codes, j'entends le « package humiliant », qui comprend : la position de la grenouille, le fait d'être talquée comme un bébé, et enfin, le slip en papier. Slip en papier, que j'aimerais bien aussi qu'on appelle string une bonne fois pour toutes, parce que, quand un slip cache uniquement la raie des fesses, a priori, c'est bien un string, ou alors, on essaye de me faire comprendre que mon cul est beaucoup plus gros que celui de la cliente moyenne. Sans parler de la conversation laborieuse quand on se fait épiler le maillot. On a toujours droit aux mêmes questions :

« Ça va, c'est pas trop chaud ?

— Bah, c'est de la cire fondue quoi, donc un peu... »

Et surtout : « Vous partez en vacances ? » Là, j'aimerais répondre : « Ouais, ouais, j'm'épile une fois par an, quand je pars en vacances, et sinon je me lave les cheveux pour Noël et pour Pâques ! » Mais je réponds juste que non, et là, on enchaîne sur le troisième thème : c'est important de prendre soin de soi en toutes circonstances...

Heureusement, au final, tout ça passe assez vite, l'esthéticienne sort en me demandant de me rhabiller et, moi, comme chaque fois, je me demande où est la poubelle pour jeter le string en papier.

Faute de la trouver, je me retrouve à utiliser mon sac à main comme vide-ordures. En cherchant ma carte bleue pour payer, j'ai grillé le regard de celle qui m'encaissait vers le bordel dans mon sac et donc le string en papier...

« Vous n'en voulez pas un propre plutôt, à rapporter à la maison ? » Humiliée jusqu'au bout...

Voilà, je crois qu'en fait c'est après ça que j'ai arrêté d'aller en institut, mais, hier, je dois dire que ça s'est bien passé. Par « bien passé », j'entends une adorable esthéticienne qui a l'air de sortir tout droit de Vénus Beauté, qui ne parle pas pour ne rien dire, mais uniquement pour apporter des infos qui comptent :

« Ils partent super bien vos poils » (je ressens toujours beaucoup de satisfaction quand on me dit un truc pareil) et qui termine par te mettre un produit hydratant presque inodore, contrairement à cette espèce d'huile à la vanille qui me rappelle les premiers parfums Eau jeune qu'on portait au collège.

En sortant, j'ai retrouvé mon amie Sofia. Sofia, c'est mon amie photographe que je vois une ou deux fois par an, mais que j'adore. Ce genre d'amitié sans aucune pression, où tu peux ne pas te voir pendant des mois et te retrouver comme si de rien n'était.

D'ailleurs, je me dis que je devrais la voir plus, parce que chaque fois qu'on passe du temps ensemble, je me rends compte qu'elle me rassure. Elle a quelque chose qui n'appartient pas à cette époque. Que ce soit dans ses vêtements, dans la déco de chez elle, même dans sa façon de s'exprimer, c'est comme si elle ne se laissait pas abîmer par le temps qui passe, ni par les modes, ni par les expressions à la con.

Elle dit des trucs du genre : « Il est superbe, ton châle », alors qu'Adélaïde, elle, dirait : « Canon ton écharpe », sans même prendre le temps de conjuguer un verbe !

Sofia, elle, prend le temps de réfléchir quand tu lui poses une question, bon, parfois, ça peut être un peu pénible, car elle prend même le temps de réfléchir quand on lui demande si ça va. Généralement, elle pose son doigt sur la bouche, plisse les yeux, regarde au loin et, après un petit temps, souffle : « Écoute oui, ça va plutôt bien. »

Je dis qu'elle n'a rien de notre époque, après je dois quand même ouvrir les yeux sur le fait qu'elle fait du pilates et qu'elle a Instagram, mais elle n'accessoirise pas tout ça avec de la merde. Elle a une tenue de gym qui ressemble à la tenue que j'avais quand je faisais du modern jazz à 12 ans, et sur Instagram, elle poste très peu. C'est juste qu'elle a une élégance vintage, comme si, pour elle, on était en permanence dans les années 90, sans les chemises multicolores des types de « Premiers baisers ».

WARM HAIR BROS
présente
La Poilue
AVEC
MA POTE
DANS LE RÔLE PRINCIPAL

Je l'ai donc retrouvée dans un café où elle m'attendait en lisant un journal. Un journal, définitivement, qu'est-ce qu'elle est mignonne. Je lui ai dit que je sortais de chez l'esthéticienne et c'est là qu'elle m'a annoncé qu'elle se faisait pousser les poils. Elle a retiré son petit gilet, s'est mise en débardeur et a levé les bras et ses cheveux en même temps d'une manière assez spectaculaire : « Tu trouves pas ça hyper érotique ? »

Elle a enchaîné sans me laisser le temps de répondre : « Non mais, là, tu peux pas juger, je commence tout juste à les faire pousser. La prochaine fois, tu verras, ça sera beaucoup plus touffu et beaucoup plus joli. T'aimes bien ? »

J'ai pris autant de temps à répondre qu'elle quand on lui demande si ça va, mais franchement sa question était un peu plus complexe. J'ai posé mon doigt sur la bouche, j'ai plissé les yeux en regardant au loin, parce que je n'aime pas trop fixer des poils quand je suis à table, et je lui ai dit : « Écoute, ça te va plutôt bien. »

Les couples d'amis

Hier, avec mon mec, on est allés dîner chez un couple d'amis, généralement, je ne précise pas « couple d'amis », je dis juste « amis », mais eux tiennent beaucoup à être considérés comme une entité. Depuis qu'ils se sont rencontrés, ils ne fonctionnent qu'en « nous », en « on ».

— *Bon, bah, on va y aller…*

— *Oh ! la la, on en a marre de Paris…*

— *Han, t'as apporté de la tarte aux fraises, on adoooore la tarte aux fraises !*

Ouais, ils sont très contents d'eux. Faut dire que, pour eux, LE COUPLE constitue une sorte d'accomplissement social… Il y a des gens pour qui réussir, ça passe par le travail, eux, ça passe par le couple. D'ailleurs, leurs chômeurs à eux, ce sont les célibataires…

Quand certains s'inquiètent pour leurs potes au chômage, en leur demandant s'ils ont trouvé du boulot, eux s'inquiètent systématiquement de leurs potes célib, en demandant s'ils ont trouvé quelqu'un.

C'est leur sujet de conversation préféré : « Et Thibault, t'as des nouvelles ? — Ouais, il va bien ! — Ah, il va bien, il a trouvé quelqu'un !! — Non, non, il a personne, mais il va bien. — Mais non, Nora, s'il est toujours seul, il ne peut pas aller bien ! Moi, je pense, enfin ON pense, qu'il devrait plus laisser sa chance au produit. » « Au produit », crispation maximale !

Ouais, ils sont très très lourds mes copains.

Bref, on arrive chez eux, et il y a un truc qui se produit systématiquement chez ce couple quand on sonne à leur porte, c'est qu'on a toujours l'impression d'interrompre une partie de cul. C'est marrant, hein, ils nous ont donné rendez-vous à 20 h 30, on arrive à 20 h 45 et, bah, on a l'impression de les surprendre et de tomber au mauvais moment.

« Han, pardon pardon, ça fait longtemps que vous sonnez ? On vous a pas entendus… On était… »

Elle était là tout essoufflée, à rire bêtement en se recoiffant…

« Pierre !!! ils sont arrivés… »

Elle lui dit ça sur un ton, on sait très bien que le sous-texte c'est : Sors pas de la chambre la bite à l'air…

Attention, je suis très contente pour eux : c'est juste que cette façon d'étaler leur bonheur comme ça, c'est agaçant. Vous devriez voir leurs comptes Facebook : *5 ans de bonheur partagé avec toi, mon amour*. Hashtag love, hashtag chance, hashtag homme de ma vie. J'sais pas, elle n'aurait pas pu lui dire ce matin au réveil plutôt que d'en faire un post et d'emmerder tout Internet. C'est vrai ça ! Je ne comprends pas l'idée, ils habitent ensemble, qu'ils se le disent en vrai !

Ou alors, si elle fait ça, qu'elle fasse un post plus réaliste, plus sincère : *5 ans de bonheur partagé avec toi, mon amour, mais aussi de poils de cul sous la douche, et de chaussettes dégueu et de tes gros cons de parents.* Hashtag la vraie vie, hashtag routine, hashtag le couple.

D'ailleurs, je ne comprends même pas qu'ils aient encore un compte Facebook chacun : franchement qu'ils le fusionnent, qu'ils l'appellent ON, et qu'on en finisse.

Ensuite, on passe à table. Pour le coup, ça se déroule hyper bien, il faut dire que *Minou* est un vrai cordon-bleu. Oui, parce qu'ils s'appellent aussi par leurs surnoms publiquement, je ne sais pas, ça doit les exciter…

Tout se passait bien jusqu'au dessert et la tarte aux fraises quand Minou a proposé de la chantilly et que Pierre lui a répondu : « Ah, je me demande si on l'a pas terminé hier soir… »

Avec toujours le même sous-texte : sur ma bite à l'air.

Après le dîner, on s'est posés et on a discuté avenir. Oui, parce que avec les couples qui vont bien, c'est presque obligatoire de parler avenir, il faut se projeter, parler futur. De toute façon, on ne va pas parler souvenirs, et passé, puisqu'en tout cas, le passé, on oublie, ils n'en ont pas.

Non, leur vie a commencé à leur rencontre. Avant, il n'y avait rien.

À un moment, j'ai eu le malheur de dire à Pierre que son ex d'il y a douze ans (douze ans, ça va, je ne pensais pas mettre mal à l'aise qui que ce soit) avait emménagé dans notre immeuble, ça a mis Minou hors d'elle : « Quelle pute celle-ci aussi… J'ai jamais pu la voir. »

Forcément, Pierre a trouvé qu'elle en faisait un peu trop : « Dis donc, Minou, arrête de l'insulter la pauvre, cette fille n'a rien fait de mal. En plus elle est très sympa. Hein, Nora, elle est très sympa ? »

Alors, ça devrait être interdit de faire ça : on ne fait pas participer ses amis à ses disputes de couple. Quand on s'engueule en couple, ça reste dans son couple, on ne demande pas aux potes de prendre parti.

Comme je suis lâche, moi, j'ai évidemment fait semblant de pas entendre ce qu'il me disait, et comme lui est un débile qui n'a aucun tact, il a répété : « Nora !!! Dis-lui, à Minou, qu'elle en fait trop et qu'elle est très sympa, cette Cécile. »

Là, je me suis dit : « Je crois qu'il l'appelle encore Minou une fois devant moi, je lui étale l'intégralité de la tarte aux fraises sur sa chemise bleu ciel de jeune cadre dynamique qui, dans cinq ans, se mettra au golf et, dans huit, arrêtera à cause d'une sciatique… »

Pardon, mais moi ça me panique ce genre de situation, j'ai toujours peur d'en blesser un, tout à coup, j'ai plus l'impression d'être leur pote, mais leur enfant qui va subir leur divorce et choisir qui il préfère…

Comme je suis hyper mal à l'aise, que j'ai juste envie que personne ne s'engueule et que ça se passe bien… pour apaiser le conflit, je fais plaisir à Pierre en disant : « Oui oui, elle est hyper gentille », et je calme Minou en ajoutant : « Par contre, elle a pris 22 kilos, elle a un cul énorme, elle s'est fait une coupe en brosse (plus c'est gros, plus ça passe), elle est dégueulasse. »

Sauf qu'au lieu de calmer Minou, je lui ai juste tendu une perche : « Ah bah, ça m'étonne pas, Pierre a toujours eu des goûts de merde. »

On en était à peu près au moment du fromage quand ils ont décidé de se lancer des piques et des métaphores immondes autour des fromages qui puent…

Après le verre de trop, ils nous ont tous les deux fait comprendre que l'avantage des disputes, c'est qu'on se réconcilie sous la couette… C'est là que j'ai eu légèrement envie de vomir et qu'on a décidé de rentrer pour ne pas prendre le risque de mater le sous-texte : sous la couette, avec sa bite à l'air.

APPRENDRE
À
COMPRENDRE

Domicile conjugal

On est rentrés chez nous et on a libéré la nounou. Je n'ai pas parlé de la nounou, tout simplement parce que je la trouve très sympathique et que je n'ai pas grand-chose à dire sur elle. En gros, elle a 63 ans et ne constitue, a priori, pas une menace pour mon couple. Mon mec a été très étonné que je veuille prendre quelqu'un de cet âge plutôt qu'une étudiante qui cherche du boulot. Qu'est-ce qu'il est drôle, lui… De mon côté, j'ai bien évidemment prétexté l'expérience. L'EXPÉRIENCE !!!

C'est peut-être hyper cliché de ma part, mais je n'ai aucune envie que ma vie amoureuse se transforme en une de tabloïd, et puis, soyons honnêtes, les nounous, c'est comme les ex, on les préfère toujours quand c'est pas des bombes (et on serait même prête à en faire nos meilleures amies si elles avaient une très forte pilosité).

Bref, on rentre du dîner chez nos amis, on libère la nounou, et là, tout dérape. Mon mec se brosse les dents et me dit : « Je vais me coucher. »

Je lui réponds : « Ouais bah, moi aussi, je vais me coucher, t'es pas obligé d'être aussi agressif. »

Non mais, ça va, « Je vais me coucher », je suis pas sa colocataire !

Évidemment, il ne me répond pas.

Du coup, je le relance : « Tu peux me répondre, il me semble qu'on habite ensemble, que je fais plein d'efforts, je mérite, il me semble, que mon mec me réponde… »

Et là, il a soupiré, il s'est retourné et il m'a dit : « Tu veux que je te réponde quoi ? De toute façon, depuis le début de la soirée, t'as envie de t'engueuler. »

Il dit ça parce qu'à plusieurs reprises, au dîner, je lui ai lancé des regards noirs un peu pour rien, sans doute parce que j'étais jalouse des gestes de démonstration de notre couple d'amis. C'est tout un paradoxe intérieur : à la fois j'aimerais qu'on noue une complicité en se foutant de leur gueule et, en même temps, je suis jalouse qu'on n'ait pas l'air d'un couple qui baise en permanence comme eux. C'est maladif ! Je ne peux pas m'empêcher de me comparer aux autres, c'est comme si je pensais qu'il y avait une norme, ou une bonne façon d'être, d'aimer ou de se représenter en couple. Ensuite, dans le taxi du retour, j'ai pas dit un mot à part : « T'as vu comme il a l'air amoureux, lui. » J'avoue, le « lui » était de trop.

Alors oui, d'accord, je suis lourde, mais, s'il y a bien un truc à ne pas dire si on veut éviter une engueulade, c'est ça !

Parce que si on fait la gueule, comme ils disent, ils y sont peut-être aussi pour quelque chose et ils peuvent aussi s'en inquiéter.

Parce qu'on en a ras le bol du mythe de la meuf qui a « envie de s'engueuler ».

Mais sérieusement, il dit ça à ses potes ? À son patron ? À des hommes ? À son banquier ?

« Écoutez, monsieur Coulon, arrêtez de faire genre le problème, c'est mon découvert, alors que depuis le début de votre appel, vous avez envie de tirer la gueule, vous avez envie de faire des histoires, ça n'a rien à voir avec mon compte en banque. Alors, moi, je ne vais pas entrer dans votre jeu. Je suis fatigué, j'ai beaucoup de boulot en ce moment, donc vous reviendrez vers moi quand votre petite crise sera terminée, OK ? Merci, au revoir, monsieur Coulon. »

Bah non. Parce que, ça, c'est un truc que les hommes attribuent à leur meuf.

Comme un hobby. Pilates, faire les courses, engueulade.

Vous pensez sincèrement qu'on aime ça.

C'est comme le : « Tu fais que te plaindre. »

Inquiète-t'en plutôt que de me le reprocher !

En plus, c'est faux, je ne fais pas que me plaindre.

Je ne fais que me plaindre de toi ! Dans la vie, les gens me trouvent hyper sympa !

C'est quand même fou cette faculté qu'ils ont à se déresponsabiliser, à se dégager de tout problème, en nous faisant croire que c'est notre nature plutôt que de se dire qu'éventuellement, c'est peut-être aussi un peu de leur faute.

De toute façon, il y a toujours une excuse, ce n'est jamais de la faute de l'autre, c'est comme le « Tu vas avoir tes règles ». Évidemment que je vais les avoir, c'est tous les mois, il est con, lui… Enfin, malgré tout, je suis en pleine possession de mes moyens et totalement lucide, c'est les règles, pas le syndrome de Tourette.

Jamais t'es bien en train de dîner dans un bon resto en amoureux, tranquille tout se passe bien et, là, t'es là : « CONNARD !!! Pardon, pardon, j'ai mes règles. Donc tu disais… »

Bref, pour en revenir à ma crise conjugale, à un moment ça se calme, on arrive à se poser, je reprends un ton doux et gentil, celui où on leur fait des grattouilles en leur faisant croire que c'est passé, et je lui explique que ce que j'aimerais, c'est qu'on me rassure.

Là, il m'a répondu : « Tu ne veux pas qu'on te rassure, tu veux te plaindre. »

Je suis restée calme : « Non, je veux qu'on me rassure. »

Non mais, le mec, il y a encore quelques semaines, il m'expliquait qu'il était pas devin et, là, il fait carrément du mensplaining personnel, le mec m'explique ce que je veux. Il MENSTHÉRAPEUTE. Il est MEN-TALISTE !

Mais il ne se rend même pas compte du problème parce que en vrai, il aimerait qu'on lui applique à lui. Les hommes sont en demande de ça.

La preuve, chaque fois, ils sont là : « Mais qu'est-ce que tu veux que je te dise ? Qu'est-ce que je pourrais faire pour te rassurer ?? » (Ah non, moi, je vais pas te dire ce que t'as à faire, c'est toi qui fais ça.)

Mais sois créatif, cherche par toi-même ! Ces gens qui veulent qu'on leur trouve des idées et qu'on leur mâche le travail… Sérieux.

Et puis, il y a toujours un moment où, sur la fin de nos disputes, on fait une sorte de concours de celui qui fait le mieux les choses et on se met à lister des trucs, pour savoir qui est la meilleure personne.

Chaque fois, ça se termine par :

« Moi je ne me plains jamais de rien.

— Moi je ne je te reproche jamais rien. »

Ça s'est quand même arrangé, déjà parce qu'on s'est rappelé que l'un de nous deux devait se lever à 7 heures du mat' et que, quand on est parent, une dispute équivaut à une gueule de bois, et aussi parce que faire des listes, c'est toujours moins cliché que de se réconcilier sous la couette.

J'ai tout gardé de mon adolescence

Il y a quelque temps, Luke Perry est parti. En réalité, dans ma mémoire, c'est surtout Dylan McKay que j'avais perdu. J'ai un peu honte de le dire, appeler les comédiens par le nom de leur personnage de série, je trouve ça grotesque… Je me fais l'effet de ces gens qui découvrent une sublime musique classique en l'associant à une pub de sauce tomate vue à la télé… Quand j'ai reçu l'alerte sur mon téléphone, j'étais avec des copains : « Han, Luke Perry… » Il n'y a pas eu de réaction, si peut-être un « Ah ouais, c'est triste ». De mon côté non plus, je n'exprimais pas grand-chose. De toute façon, je suis mal à l'aise avec ça, les RIP en boucle sur les réseaux sociaux, avec le fait de se réapproprier un événement pour mieux parler de soi – l'idée même d'imaginer quelqu'un sur Google Image taper le nom de l'acteur pour choisir la bonne photo et la poster m'angoisse terriblement. J'ai tout de même fait une exception pour George Michael.

Je me suis murée dans le silence dans un coin pour mieux essayer de comprendre ce qu'il y avait au fond de moi. Tout en ayant la musique du générique de *Beverly Hills* dans la tête, je ressentais une profonde mélancolie. À un moment, j'ai eu une pensée un peu horrible : est-ce que ça nous aurait fait le même effet si ça avait été Donna Martin ou Steve Sanders ? Je ne parle évidemment pas de tristesse objective à l'échelle de la vie et de ce que représentent ces personnes, mais de tristesse sentimentale, fictionnelle, à l'échelle de nos souvenirs d'adolescence. Dylan, finalement, c'était un peu notre premier amour ou, même plus fort, la projection, l'idée même de ce qu'on pouvait attendre de l'amour quand on ne l'avait pas encore vécu (à tel point qu'à un moment les petites cicatrices dans le sourcil ont presque été à la mode).

Je me suis souvenue de cette période tellement chargée en émotions, cette envie qu'on avait de vivre des choses le plus vite possible juste parce qu'on les avait rêvées et pas encore connues. Une sorte d'optimisme qui n'appartient qu'à l'adolescence, un espoir que le futur ressemblera peut-être un peu à ce qu'on lisait dans les livres et à ce qu'on voyait à la télé. J'ai parfois l'impression de n'avoir rien perdu de ces années-là. Ni l'envie de vivre des choses en pensant qu'elles seront les plus belles, ni les souvenirs, ni même les odeurs.

Juste après avoir reçu la nouvelle, je suis allée faire un tour dehors. J'ai croisé par hasard une femme qui promenait son teckel et qui sentait super fort Angel, de Thierry Mugler. Chaque fois que je sens à nouveau cette odeur, j'éprouve le même trouble, le même minivoyage qui me renvoie à mes émotions de l'époque, le cœur qui palpite un peu, parce que, finalement, si je devais résumer mon adolescence, c'est juste un cœur qui palpite en permanence, pour tout et n'importe quoi. Surtout pour n'importe quoi. Je ne pourrais plus porter ce parfum, mais qu'est-ce que j'aime le croiser de temps en temps. En fait, c'est ça, c'est une affaire de temps. On grandit, on avance, et plus on avance, plus on oublie des bouts du passé. Pourtant, ils sont toujours là, clairement, gravés au fond de nous, à un parfum ou à une alerte de smartphone près.

J'ai eu le cafard de Pâques

Je me rends compte qu'à peu près chaque saison, événement ou fête est une bonne occasion pour moi d'avoir le cafard, enfin bon, c'est comme ça, je n'y peux rien, il se trouve que ça tombe aussi à Pâques.

Ce n'est pas un cafard évident, comme celui de la rentrée ou celui de Noël, qui sont directement liés à des ambiances ou à des saisons, mais plutôt un cafard plus enfoui, plus complexe, lié à des sens qui m'évoquent des souvenirs... En gros, si je devais me la péter et être super lourde, je dirais *un truc qui me fait penser aux correspondances baudelairiennes* et, si je devais être honnête, je dirais que je me prends la tête pour rien, mais que c'est pas de ma faute si j'ai une boule au ventre et que j'entends des cloches sonner dans mon cœur dès que je vois un faux œuf en plastique posé dans un nid.

Je me suis aperçue de mon problème il y a à peine une semaine. Je me promenais en bavant devant toutes les pâtisseries et chocolateries sur ma route, jusque-là rien d'anormal, quand je me suis rendu compte que j'étais de plus en plus angoissée au fur et à mesure que je croisais des chocolats.

J'ai d'abord cru que c'était lié à la bouffe en elle-même, une sorte de frustration ou de privation genre *J'en ai envie, mais je sais que c'est mal et que ça me donne des boutons*, et puis, comme j'ai très peu de volonté et que j'ai fini par acheter plusieurs Giandujas sans aucune culpabilité, j'en ai déduit que ce n'était pas ça.

C'est en croisant un petit poussin en poil jaune que j'ai compris. Vous le voyez, ce petit poussin tout frêle, construit sur un petit fil de fer, qui, si on le touche un peu trop fort, a les pattes au niveau de la gueule ?

Il était là posé sur la caisse du chocolatier, dans un nid rempli de petits œufs multicolores sucrés. Cafard total. Je ne peux pas vraiment me l'expliquer, mais CAFARD TOTAL !! La sensation du sucre qui coule dans ces petits œufs pastel, la douceur du poil en synthétique jaune citron, les papiers en aluminium qui habillent ces grosses poules et ces petits lapins, tout me foutait un moral de merde. Sans rien calculer, tous mes souvenirs se bousculaient en moi, la sensation des doigts sales qui cherchent des cartouches d'encre dans la trousse, des sons de cloches qui sonnent midi, la voix de la petite élève parfaite qui dit au revoir à sa mère avant d'aller à son cours de catéchisme, le bruit de la tondeuse à gazon du square à côté de l'école et l'odeur des premières fleurs qui poussent dans les arbres de la cour de récré.

Je me suis souvenue qu'en face du collège et de l'école primaire il y avait un Léonidas, ce chocolatier qui m'avait permis de compenser absolument tous mes chagrins de petite fille et d'adolescente par le praliné. Ce chocolatier toujours gai, qui proposait de belles boîtes à offrir pour les fêtes en famille, mais où, moi, j'achetais les chocolats à l'unité, dans un mini ballotin pour moi toute seule. Je me souviens encore de ce sentiment que j'avais quand c'était mon tour et que je montrais du doigt à la vendeuse celui que j'avais choisi en disant « Juste un seul ». Je me sentais courageuse, indépendante. Je m'étais fabriqué un petit rituel où, avec mon argent de poche de la semaine, je m'offrais un shot de sucre sans demander l'autorisation à personne, juste pour guérir mon cafard.

En repensant à tout ça, j'ai fait une petite boulette avec le papier de mon Gianduja et j'ai avalé mon praliné, vingt ans plus tard.

J'ai retrouvé mes angoisses d'enfant comme si elles étaient intactes.

Chaque printemps, c'est pareil, je ne sais pas si c'est parce que c'est la saison de mon anniversaire, si c'est les journées qui rallongent ou les arbres qui fleurissent, mais il y a un truc dans l'air qui fait que je me sens à nouveau complètement vulnérable.

Peut-être que c'est à force de mater le ciel, les oiseaux et les bourgeons sur les branches que je me sens toute petite depuis mon bout de trottoir. Je marche en admirant tout ça au lieu de regarder devant moi, je trébuche et je ressens exactement la même humiliation que quand j'avais 7 ans dans la cour de récré.

Il y a une odeur particulière au printemps, d'ailleurs chaque saison a son odeur. Celle du printemps est pour moi la meilleure, mais aussi la plus angoissante. Tout à coup, on se découvre, on arrête de se cacher derrière son bonnet et son écharpe et on sort de la classe pour aller jouer et courir avec les autres élèves. Et courir, c'est aussi prendre le risque de tomber. Il y a comme une odeur d'aventures et de liberté, mais qu'on n'avait pas forcément demandé. Une odeur de liberté et de croûtes.

Tout à coup, sous prétexte qu'il fait beau, on est obligée d'aller au parc, de se balader ou, carrément pire en termes d'angoisse, d'accepter de partir en classe verte.

Moi, j'étais bien à hiberner. La nuit, les journées de neuf heures, la pluie ça m'allait.

L'hiver, le froid, c'est la chance de pouvoir rester au chaud à la maison, l'opportunité de bouffer beaucoup trop pour se donner des forces et, dans mes meilleurs souvenirs, la possibilité de se réjouir de trois heures d'EPS annulées – parce qu'il fait trop moche pour avoir athlétisme au stade.

Il y a bien des trucs que j'aime au printemps : le fraisier, le bruit des oiseaux qui sont de retour et le lilas. Mais, très honnêtement, je les aime autant qu'ils m'angoissent.

Pourtant, ce matin, comme chaque année à cette période, je suis descendue chez mon fleuriste pour acheter un bouquet de lilas. J'ai demandé le plus odorant et, du chemin pour rentrer chez moi jusqu'à la fin de la journée à la maison, je suis restée scotchée au bouquet, le nez fourré dans les tiges, à inhaler aussi fort qu'un tube de Vicks eucalyptus un soir de rhume.

Cette odeur me donne des palpitations, je me répète à l'intérieur que c'est fou que ça sente aussi bon et, en même temps, ça me donne un de ces cafards. J'ai l'impression qu'on a lavé les vitres, qu'on y voit plus clair, qu'on a ouvert toutes les portes et que, dehors, les branches des arbres qui bougent font comme des grands bras qui diraient : Allez viens, sors de chez toi maintenant. Il y en a qui hallucinent de voir comment la neige peut paralyser les gens, la circulation, les transports, moi, je suis totalement dépassée par le fait que le beau temps puisse nous réveiller aussi brutalement et nous inviter à sortir.

Je ressens le même trac et la même peur que quand j'ai dit « Je t'aime » la première fois en CE1, qu'à la première sortie scolaire quand on a croisé un exhibitionniste sur la route, qu'au voyage en car quand j'ai eu peur de vomir mon jus d'orange… Ouais, le printemps m'angoisse clairement, mais heureusement à la fin du mois, je pourrai compenser avec de la bouffe, je mangerai mon fraisier, j'aurai un an de plus et ça ira mieux.

Ma fête d'anniversaire

Tout se passait bien dans l'organisation de ma fête d'anniversaire quand, tout à coup, je me suis retrouvée à inviter quelqu'un que je n'aime pas. J'avoue, le projet est complètement con, mais je dois me faire à l'idée que je suis lâche. C'est comme ça.

Tout avait pourtant bien commencé. J'avais fini par réussir à trouver une date, j'avais envoyé les petites invitations et il ne me restait plus qu'à me détendre en attendant le jour J.

Et puis il y a eu ce message Facebook qui a tout gâché. Une connaissance, que le réseau social appelle donc une « friend » – alors que, franchement, notre relation pourrait se résumer à trois « likes » et un « comment » – me contacte en me disant que ça lui ferait trop plaisir qu'on se revoie, « mon chaton », et que ça fait une éternité.

Direct, je suis troublée. Le timing de son message est chelou, si ça se trouve elle a su que je faisais une fête et qu'elle n'était pas invitée, si ça se trouve, elle, elle m'aurait invitée. Comme j'ai toujours bien aimé qu'on m'appelle par des noms de bébés animaux, d'un coup d'un seul, paf, je me mets à culpabiliser.

Je réponds donc : « Mais ouiiii, ça fait hyper longtemps ! J'organise une petite fête demain pour mon anniversaire, viens !! »

Au moment où j'écris, j'ai l'impression de vivre une expérience paranormale, ou un mauvais sketch d'hypnose à la téloche un samedi soir, comme si mes gestes étaient complètement dissociés de ma conscience – franchement à aucun moment je n'ai eu envie d'écrire ça. Mesmer, c'est toi ?

Je vois qu'elle est en train de me répondre. Je commence à avoir des angoisses, je voulais faire un truc en petit comité et, maintenant, je vais avoir mes meilleurs amis ET cette fille, à qui je n'aurai rien à dire. Mais quelle conne je fais, c'est quand même dingue de se laisser manipuler comme ça !! Non non non, arrêtons de paniquer, à tous les coups, elle ne sera pas libre, et puis, si elle a un peu de tact, elle sentira bien qu'inviter quelqu'un la veille pour le lendemain, c'est pas une invitation, ça prouve clairement qu'initialement je ne voulais pas l'inviter. Elle aura trop d'ego pour dire oui. Trois secondes plus tard, je découvre que l'ego n'est pas un problème et qu'elle sera là demain ! Génial.

J'arrive à ma propre fête avec un peu d'appréhension, comme si c'était moi l'incruste. Thibault cherche à comprendre : « Mais pourquoi tu l'as invitée ? » Je réponds le plus clairement possible : « Bah, parce que je pensais qu'elle n'allait pas venir !!!!! »

Pendant que j'essayais de lui faire comprendre que j'avais été victime d'une arnaque montée par mon cerveau et ma culpabilité, elle a débarqué : « Joyeux anniversaire, Minou. »

Elle m'a tendu une énorme boîte. J'ai ouvert, c'était des escarpins. Elle était dingue, d'ailleurs c'est ce que je lui ai dit : « T'es dingue !!!!! »

Dans mon cerveau, la culpabilité se remettait en route : j'oscillais entre « Je suis une méchante fille, je critique cette fille et je me force à l'inviter alors qu'elle m'adore !! » et « Je suis sûre qu'un bureau de presse a dû lui filer cette paire gratos et qu'elle ne savait pas quoi en faire, elle aurait mieux fait de les filer à Emmaüs ».

Évidemment, je la remercie, « Il ne fallait pas », et elle continue à me faire me sentir comme une merde en me disant : « Grande amie, grand cadeau ! »

Là, tout à coup, ma concentration est troublée par une odeur. En fait, pendant qu'elle me parle, je me sens ailleurs. Je décide de l'interrompre : « Attends, excuse-moi, mais tu ne portes pas

CK One ? » Si ! Elle portait CK One, et moi, j'étais bien ailleurs, quelque part en 1996.

Je suis sortie prendre l'air dans le fumoir pour m'enlever l'odeur du nez. En retournant à la soirée, j'ai demandé au type qui passait la musique s'il n'avait pas les Spice Girls.

J'ai fêté mes 35 ans sur toutes les musiques de mon adolescence et j'ai repensé à ma mère, qui écoutait toujours en boucle Adamo : je me suis demandé si, pendant qu'on prenait des années, notre cœur, lui, n'avait pas toujours le même âge.

Le lendemain, comme chaque fois que j'ai eu le cafard la veille et aussi que j'ai des poches sous les yeux, parce que je n'ai plus l'âge de me coucher après 3 heures, j'ai décidé de compenser en m'achetant des produits de beauté. Mon petit côté maso n'a pas pu s'empêcher de me traîner vers les parfums, Angel de Mugler, Lolita Lempicka, L'eau d'Issey de Miyake. Et moi, j'ai ressenti dans mon corps chaque phase de mon adolescence, de mes 14 à mes 17 ans : nature, too much, pouffe…

C'est là que j'ai croisé la vendeuse : « Je vous parfume ? » J'ai hurlé : « Non, non, non, merci, je ne supporte pas de porter une odeur qui n'est pas la mienne, après, j'ai l'impression d'être quelqu'un d'autre. » Vu sa tête, j'en ai déduit qu'une fois de plus j'aurais pu me passer d'explications et juste répondre « Non, merci » sobrement.

En même temps, ça aurait été trop compliqué de lui expliquer que, ce que je cherche dans un parfum, c'est qu'il ne me rappelle rien.

Ça nous rajeunit pas

Le lendemain de ma fête, je me suis réveillée le visage tout bouffi par la soirée, un truc très étrange au niveau des yeux, où les paupières ont presque disparu, quelque chose entre une piqûre de guêpe et l'homme de Néandertal. Alice m'a envoyé un selfie par texto avec à peu près la même tête et en message : « Tu crois qu'avec l'âge on devient allergique à l'alcool ? Parce que là, ça ne va pas être possible. » Je lui ai répondu : « À l'alcool, au lactose, au gluten, aux plats en sauce, au café… » C'est vrai que s'il y a bien eu un changement radical qui s'est opéré à la trentaine, c'est au niveau digestif. Après, je dois dire que j'ai réussi à m'y faire et que petit à petit je prends goût à la nourriture saine, et même mieux, quand je demande s'il y a des plats vegan dans un restaurant, j'ai à la fois l'impression de me mentir à moi-même, mais aussi d'être une femme d'une infinie délicatesse. Heureusement, je me laisse la possibilité de faire quelques écarts pour les grandes occasions, et c'est aussi pour ça que je suis absolument immonde sur toutes les photos de Noël, d'anniversaire, de mariage… Mais, franchement, une sale gueule contre un plateau de fromages, ça les vaut !

Après avoir rincé mon masque hydratant en espérant qu'il me rajeunisse de 10 ans ou au moins d'une soirée, j'ai croisé mon fils qui m'a demandé quel âge j'avais eu hier. Je lui ai proposé de deviner, il m'a d'abord dit : 19 ? Et comme je lui ai annoncé, flattée, qu'il avait perdu et que c'était beaucoup plus que ça, il a répondu : 85 ?

Les enfants n'ont définitivement aucune notion du temps, ni des âges, ni de la nuance. C'est quelque chose qu'on garde toujours un peu d'ailleurs. Moi-même quand je repense au fait que ma mère, quand j'étais en maternelle, avait l'âge de certains de mes potes aujourd'hui, ça me paraît absolument impossible.

Est-ce qu'on ne se voit pas vieillir, ou est-ce qu'on vieillit différemment ? Ils faisaient quand même vachement plus adultes que nous, nos parents et ceux de nos copains. Peut-être que c'est juste quelque chose qu'on porte, il y a des gens qui sont des adultes depuis toujours, comme Matthieu Chatte par exemple, qui avait déjà l'énergie d'un banquier de 50 ans à 15 ans.

De mon côté, je n'ai jamais eu peur de vieillir, je dirais même qu'à part pour la digestion, ça m'attire pas mal.

Toute petite déjà, j'avais une fascination pour les personnes âgées. Quand, avec des copines, on jouait aux Playmobil et que certaines se battaient pour être la maîtresse, le pirate ou la maman, moi, je demandais toujours si je pouvais faire la petite vieille avec son chien. À l'époque, on avait une voisine qui habitait deux étages en dessous de chez nous. Chaque fois qu'on la croisait dans l'ascenseur, je restais scotchée devant ses cheveux blancs qui tiraient sur le mauve et ses mains toutes fripées et tachetées. Je la trouvais tellement belle. On aurait dit un vieux dalmatien. Elle avait un caniche aveugle qui portait de petits blousons imperméables et qui me faisait un peu peur. Quand il aboyait, elle lui disait « Chut » d'une voix tremblante, je la trouvais si douce et si autoritaire à la fois. Le soir, avant de me coucher, je prenais une vieille peluche, je me mettais du talc sur la tête et, en cachette dans la salle de bains, je refaisais la scène du « Chut ». Quelques années plus tard, alors que je me baladais en voiture avec ma mère, elle s'est arrêtée au feu rouge, a regardé ses mains sur le volant et m'a dit : « Regarde, je commence à avoir des taches. » J'ai immédiatement repensé à notre ancienne voisine et je lui ai dit que, moi, je trouvais ça beau. Ça m'a rappelé qu'à une époque j'aurais tout fait pour que ma mère

marche avec une canne, d'ailleurs, je lui avais proposé de lui en offrir une pour ses 40 ans, mais elle avait gentiment refusé. « Beau ? Moi aussi, quand j'avais ton âge, je trouvais ça joli sur ma grand-mère, mais c'est moche, c'est moche ! » Je comprenais qu'esthétiquement ça puisse lui déplaire vu que, moi, je détestais mes taches de rousseur, mais le truc, c'est qu'elle ne voyait pas ce qu'il y avait de rassurant dans ces traces du temps qui passe. J'essayais de broder un truc maladroit du genre : « Mais si c'est beau de vieillir, enfin les rides, les cicatrices, les marques, c'est toujours mieux que d'être mort, non ? »

Elle me répondait en me regardant comme une ado un peu trop provoc : « Oui, c'est ça, on verra quand t'auras mon âge. » Alors je n'ai pas encore l'âge de ma mère quand elle a eu sa première tache (ni celui de ma voisine avec le chien aveugle, mais ça, on s'en doutait, enfin j'espère…), n'empêche que j'ai récemment vécu, moi aussi, mon premier signe de vieillissement. Avant-hier, alors que j'étais à la pharmacie et que, pour une raison que j'ignore, j'ai accepté les échantillons que l'on me proposait, j'ai eu droit à tout un lot de crèmes pour le contour des yeux « premières rides », « rides d'expression »… Bref, la totale.

J'avoue que, sur le coup, j'ai eu un peu le cafard, surtout quand la pharmacienne a commenté « Vous verrez, celle-ci est parfaite pour ce que vous avez », alors que, moi, je n'avais même pas vu que j'avais quelque chose. J'ai ri nerveusement, et j'ai cherché autour de moi un regard complice, un peu d'empathie.

C'est là que je suis tombée sur une dame à la caisse d'à côté. Elle m'a fait un sourire, enfin je crois, parce que ce n'était pas très clair, c'était figé, c'était gonflé, c'était chelou. Elle n'avait pas une ride, pas une tache, pas d'âge, ça m'a un tantinet glacée. En deux secondes, j'ai voulu imaginer sa vie, comme on peut le faire parfois quand on regarde des gens dans la rue, dans le métro, et je n'ai pas réussi à imaginer quoi que ce soit.

Comme si j'avais eu accès à un journal intime qu'elle aurait complètement gommé. Une page blanche, d'un blanc bien moins beau que le blanc mauve de mon ancienne voisine.

Je suis partie en vacances avec ma mère

C'est un truc dont je rêvais depuis longtemps. Je sais pourtant qu'on a du mal à rester plus de quatre heures l'une avec l'autre sans s'agacer, mais malgré tout, j'en avais envie. Je l'entends dans un petit coin de ma tête : *C'est moi qui t'agace. Toi tu ne m'agaces jamais. Tu t'irrites toute seule. Comment veux-tu que ma propre fille m'agace ?*

Eh oui, il y a des choses qui ne s'arrangent pas, et cinq ans plus tard, je continue de monter des dialogues imaginaires avec ma mère dans ma tête.

Quand ma mère insiste sur « ma PROPRE fille », c'est une façon de me rappeler que je suis une de ses créations, et comme tout ce qu'elle crée est un succès, il est évidemment impossible que je l'agace.

Et puis j'entends aussi mes amies : *Une semaine entièèèèèèèèèèèèèèère avec ta mère ? Moi, je pourrais pas...* Pour ma mère qui lit chacune de mes histoires, je précise que, quand mes amies disent « Je ne pourrais pas », elles parlent de leur propre mère, toi, évidemment, elles te trouvent toujours aussi charmante.

Il faut dire qu'on n'a jamais eu de maison de vacances ou de coin où se retrouver chaque été avec toute la famille, comme les autres enfants de ma classe. Je me souviens que je regardais Interville dans notre appart parisien et ensuite *La Gloire de mon père*. Augustine, la mère de Marcel, était ma mère, et leur maison dans la garrigue, la future maison que je nous louerais quand je serais grande.

J'ai donc grandi, j'ai 35 ans, et, à défaut de trouver un mas dans le Sud, j'ai loué un petit appart sur Airbnb (toujours un appart R'n'b pour parler la langue de ma mère, elle non plus n'a pas changé).

Le premier mini accrochage a eu lieu quand je lui ai donné rendez-vous gare de Lyon pour aller à Avignon. Ma mère, qui n'a pas trop l'habitude du train, a estimé que je l'embrouillais à lui donner deux noms de villes pour une seule destination. Ça peut paraître surréaliste, mais en gros, pour résumer notre échange, c'était à peu près du même niveau que « C'est Juste son prénom ». Attention ma mère n'a rien à voir avec François Pignon, c'est juste qu'elle n'aime pas trop recevoir deux informations de la même nature dans une même phrase.

Par exemple : si je lui demande si elle veut que je lui fasse une salade de pâtes, elle me répondra qu'elle préfère des pâtes. Si je lui demande si elle veut que je lui fasse une photo de profil, elle me répondra qu'elle préférerait de face. Une fois qu'on sait ça, on peut communiquer très facilement avec elle.

On est arrivées à l'appartement qu'on a toutes les deux trouvé super ! Super dans notre langage ça veut dire : propre.

Certaines personnes pourraient attacher de l'importance au cachet, à la déco, à l'âme d'un lieu. Nous on se baladait dans chacune des pièces, ravies, en répétant : « Mais regarde les toilettes ! Et la douche ! C'est nickel ! C'est tout propre ! »

Après avoir renforcé notre complicité en se prenant pour deux inspectrices d'hygiène, on est allées dîner. Moi, j'ai sorti une clope en me disant qu'on ne pouvait plus se cacher de sa mère à 35 ans, et elle m'en taxé une. Ça a eu le don de m'agacer d'une force. J'aurais largement préféré qu'elle m'engueule. « Bah, toi, tu le fais bien », l'argument complètement absurde ! Quel genre de fille a envie que sa mère fasse pareil qu'elle ?!

On a réussi à passer la semaine à essayer de répondre à cette question comme si c'était le sujet du bac de philo sans jamais trouver de réponse. Le débat s'est conclu par elle qui a lancé : « Voilà ! Je me tais ! Je ne dirais plus rien !! » Et moi qui ai dit : « Pfffff. »

À la fin du séjour, je l'ai raccompagnée à la gare, à la fois heureuse et remplie de culpabilité. Je ne l'avais pas aussi bien traitée que Marcel aurait traité Augustine. Comme elle l'a senti, elle a trouvé les mots (presque) justes : « Au moins dis-toi que je t'inspire et que t'en feras un texte. » J'ai souri en levant les yeux au ciel et j'ai dit : « Genre ! »

C'est vrai que ma mère adore cette idée d'être inspirante… Elle aussi a des problèmes de narcissisme, faut bien que ça vienne de quelqu'un tous mes problèmes d'ego…

C'est simple, chaque fois qu'elle décide de me donner un conseil, on finit par parler d'elle pendant des heures.

C'est vraiment un truc de parents, ça… Faire semblant d'avoir quelque chose à dire à ses enfants, juste pour parler de soi : « Moi, j'aurais pas fait comme ça… » ou : « Moi, à mon époque », ou… « Oh, mais qu'est-ce que j'ai bien pu faire pour avoir une fille pareille ? »

Quand elle pose cette question, son rêve serait que je lui réponde : « C'est vrai, ça, qu'est-ce que t'as bien pu faire ? Allez viens, on se remémore tous les épisodes de ta vie depuis ta naissance et on en parle, PARDON, TU en parles pendant soixante-douze minutes. »

Elle le faisait déjà quand j'étais ado, chaque fois que j'étais relou, elle renvoyait le problème à elle-même : « Qu'est-ce que j'ai bien pu faire pour mériter une fille aussi insupportable ? Je ne me souviens pas d'avoir été aussi impertinente jeune », elle s'apitoyait sur son sort comme si tout était lié à elle, alors que, si ça se trouve, j'avais juste développé mes propres gènes de lourdeur et que j'étais pénible par nature.

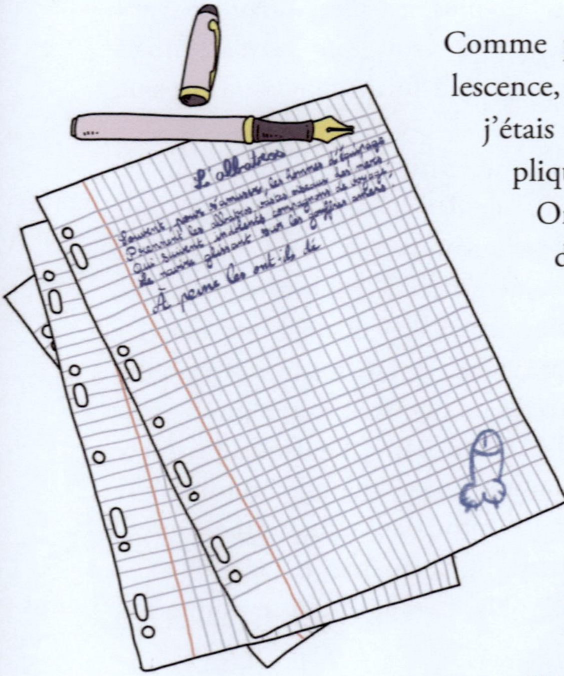

Comme pour tout le monde, l'adolescence, en gros toute la période où j'étais au lycée, était hyper compliquée entre ma mère et moi. On ne voyait pas les choses de la même façon, on n'avait pas les mêmes projets pour moi : elle, son projet, c'était que je passe mon bac, et, moi, mon projet, c'était de rien foutre…

Forcément, ça rend les choses un peu compliquées au quotidien.

Mais ce n'était pas que de ma faute : franchement, elle prenait des décisions soi-disant pour mon bien, sauf que ces décisions étaient complètement cons. Genre *Tu vas faire allemand-latin pour être dans la meilleure classe*, résultat j'étais dans la meilleure classe, sauf que j'étais la plus nulle !! Super, le calcul. Merci !

Je me souviens, je claquais des portes en gueulant : « Je fais ce que je veux, c'est ma vie ! »

Je m'enfermais dans ma chambre, je lisais *Les Fleurs du mal* tout en écoutant « Love in Fun » jusqu'à pas d'heure… Je me remémore souvent cette histoire qui m'avait marquée, celle où cet auditeur racontait comment il était resté bloqué dans sa meuf en couchant avec elle. Ça me faisait tellement flipper, mais genre vachement plus que le bac. Aujourd'hui, je me dis que c'est vraiment ça l'adolescence, le mélange des genres : pouvoir chialer sur du Baudelaire tout en écoutant attentivement une histoire de bite coincée.

Et plus je claquais les portes et plus ma mère criait : « Tant que tu vivras sous mon toit… » Je crois que je n'ai jamais entendu la fin de cette phrase, chaque fois c'était : « Tant que tu vivras sous mon toit… » et, paf, la porte.

On a quand même réussi à trouver un compromis autour de mes résultats médiocres : 10/20, pile dans chaque matière et tout le monde est content. Enfin, surtout moi. Ma mère, elle, aurait préféré que j'aie les encouragements ou le tableau d'honneur, mais, moi, j'étais là : « Ouais et cent balles et un Mars aussi ? » J'aurais été ma mère à l'époque, je me serais foutu des claques, pas pour les mauvais résultats en cours, non juste pour avoir employé l'expression cent balles et un Mars. Sauf que ma mère n'a jamais compris que c'était une expression. Et comme elle avait déjà ce problème de trop d'infos dans une même phrase, elle me répondait : « Arrête d'être impertinente, tu sais très bien que je déteste le chocolat et en plus, c'est moi qui te donne ton argent de poche ! »

C'est aussi ça le problème des parents qui mettent la pression avec *Passe ton bac, passe ton bac, passe ton bac*. Au final, on a l'impression que c'est un truc qu'on fait pour eux, pas pour soi (et comme on n'a pas du tout envie de leur faire plaisir…).

Du coup, le souci, c'est que quand on a un 2 en maths, on va pas se dire : « Merde, je sais pas compter », mais juste : « Putain ma mère va me tuer. »

Je me souviens, un jour, une conseillère d'orientation hyper sympa est venue nous rendre visite en cours et m'a proposé une voie à laquelle je n'avais jamais pensé : garde forestier.

Je rentre chez moi hyper contente, je parle de ça à ma mère, tranquille. Elle est devenue dingue :

« Garde forestier ? Mais qu'est-ce que je dirais à mes amis ? Et à Martine, dont la fille entre en khâgne, je lui dirais quoi ? Ah, hypokhâgne-khâgne, c'est formidable… Moi, ma fille est garde forestier, si un jour tu as besoin de reconnaître une branche ou un champignon, appelle-la ??! »

J'ai fini par avoir mon bac, j'ai même eu une mention. Je crois que c'est la première fois que ma mère et moi on a eu envie de se bourrer la gueule en même temps…

Alors, finalement, c'est pas grand-chose une clope à deux quinze ans plus tard.

Poids réel/poids ressenti

Comme chaque fois que je vois ma mère, j'ai l'impression d'avoir pris 3 kilos. Je ne sais pas comment c'est possible, elle me fait systématiquement ballonner. J'avais déjà remarqué ça en allant chez elle : chaque fois que je me regarde dans le petit miroir de ses chiottes, j'ai l'impression d'avoir le visage qui a triplé de volume. Chaque fois que j'en sors, on a d'ailleurs la même conversation :

« Il déforme le miroir, non ?

— Oui, il mincit un peu.

— Super…

— Pourquoi ??

— Pour RIEN ! Pour rien, pour rien, pour rien !!!!! »

Il se trouve que, s'il y a bien un truc dont je ne veux pas parler avec ma mère, c'est bien de mon physique, et encore moins de mon poids, justement parce qu'il est intimement lié à notre relation. Un peu comme quand on découvre ses premières rides ou ses premiers pores dilatés dans les miroirs grossissants des hôtels, moi, j'ai pris conscience de l'existence de mon corps à travers le regard de ma mère. Le souci, avec ça, c'est que si je peux m'astreindre à une discipline en m'interdisant de me scruter dans un miroir loupe, il m'est difficile de demander à ma mère de venir me voir uniquement les yeux bandés. J'ai bien évidemment tenté différentes choses pour que ça me passe au-dessus de la tête : faire du sport, mincir, m'en foutre, faire une psychothérapie de dix ans… Et même si j'ai bien fini par comprendre que le problème ne venait pas de moi, il suffit que je la voie pour que je ballonne. Il y a des gens qui redoutent l'épreuve du maillot de bain, la balance chez le médecin généraliste ou les repas de Noël… Moi, ce que je redoute le plus, c'est le regard de ma mère, et évidemment les petits commentaires qui s'ensuivent.

Attention ! Il ne faut pas croire qu'elle me tyrannise, puisque, la plupart du temps, ses mots sont plutôt bienveillants. C'est juste qu'elle ne peut pas s'empêcher de commenter mon corps, comme si c'était un sujet intéressant, ou plutôt comme si c'était un élément constitutif de mon bonheur.

Encore l'autre jour, dans le train pour Avignon, j'avais à peine retiré mon sweat, que le verdict est tombé : « Tu as minci, toi, c'est super ! » OK, donc, temps écoulé avant qu'elle ne parle de mon poids : moins de six minutes, ma mère est bonne pour concourir au *Livre Guinness des records*. J'ai essayé de répondre un truc neutre du genre *« blrrrr »* qui, en vrai, était un petit grognement. Elle a répété : *« Bah quoi ? C'est super ! »*

Voilà ce qui me gênait : qu'est-ce que ça a de super ? Et surtout, qu'est-ce que ça a de super pour elle ? D'autant plus que ça fait à peu près deux ans que chaque fois qu'elle me voit, elle me dit que c'est « fouuuuu » ce que j'ai minci. Alors, soit je n'avais pas conscience d'où je partais, soit je vais bientôt disparaître, mais il me semble qu'on ne peut pas mincir non-stop tout en continuant à porter la même taille de vêtements, si ?

Si ça se trouve, c'est juste que je suis beaucoup plus grosse dans ses souvenirs et que chaque fois, elle est surprise… Elle a enchaîné :

« Attention à ne pas reprendre ! »

J'ai pris une grosse inspiration.

« Sinon quoi ?

— Bah, ça serait dommage. »

J'ai à nouveau pris une grosse inspiration et je pense que c'est à ce moment précis que j'ai commencé à ballonner.

Du coup, comme à peu près tous les deux mois, j'ai évidemment décidé de faire gaffe. Je n'en peux plus de m'entendre dire cette phrase que je répète en boucle chaque fois qu'on me propose un dessert, un burger ou que je passe devant le rayon chocolat, fromage, charcuterie, bref, absolument tous les rayons intéressants du Monop.

Ça m'agace de devoir faire gaffe, déjà parce que ça me frustre et quand je frustre, je gonfle (encore plus), et puis, surtout, parce que j'ai toujours tendance à me dire : « Ça va, c'est pas UN gâteau, UNE fois, qui va tout changer. » Alors je m'empiffre, et remplie de culpabilité et de matières grasses, je me répète : « Non mais, là, à partir de demain, il faut VRAIMENT que je fasse gaffe… »

Certaines personnes pourraient appeler ça un manque de volonté, de mon côté, j'estime juste que je ne suis pas sûre de savoir ce qui est important pour moi. Est-ce que j'ai vraiment envie de perdre ces 3 kilos ? Et à quel prix ? Ça ne sert à rien de se priver si c'est pour reprendre le double dans deux mois, quand je reverrai ma mère… Bref, un dialogue intérieur vraiment passionnant. En fait, mon rapport à la bouffe est le même que mon rapport aux mecs à l'adolescence. À force d'observer, d'analyser, d'y penser tout le temps, je ne sais plus ce qui est vrai et ce qui est faux, ce que j'ai imaginé et ce qui existe réellement. Du coup, je passe de phases où je me définirais comme une meuf qui mange hyper sainement à une espèce de goinfre. Pour équilibrer tout ça, trancher le vrai du faux, j'ai décidé d'embaucher un arbitre. Quelqu'un qui serait là pour me dire objectivement si ce que je fais est bien ou mal. Si je suis sous-alimentée ou si j'abuse complètement. Comme j'ai toujours eu un problème avec les nutritionnistes et le pain complet en tranches, j'ai décidé de télécharger une appli. J'aurais évidemment pu demander à Adelaïde qui bassine tout le monde avec sa dernière trouvaille, le jeûne intermittent, mais je n'ai ni envie d'écouter ses conseils, ni de faire une dépression pendant ces seize heures sans bouffer. Non, l'appli, bien meilleure idée. Pour moins de deux euros, je pourrai consigner dans mon téléphone portable absolument tous les aliments que j'aurai ingérés en vingt-quatre heures, et aussi ne pas noter toutes les activités physiques que je n'ai pas faites. Le premier jour, je me suis sentie super bien. Franchement, j'avais raison, mon régime est sain, limite il me reste encore 30 % de mes apports journaliers à prendre et je ne le fais même pas ! Le seul truc qui m'agace, c'est que parfois, quand j'entre un aliment, l'appli commente avec une bulle du genre : « Attention, le sel, ce n'est pas très bon… » Et là, j'ai un visage de nutritionniste et un pain complet qui viennent m'envahir, et ça m'angoisse.

Le lendemain, super contente de ma discipline « j'essaye de faire gaffe », je me suis récompensée avec un paris-brest, et là, attention, l'appli m'affirme que j'ai soi-disant consommé 45 % de mes apports rien qu'avec ça. En gros, il ne me reste plus qu'à passer le reste de la journée à me nourrir de mâche sans assaisonnement si je ne veux pas exploser ma courbe.

La dépression, quoi. C'est là que les choses ont commencé à déraper, quand j'ai estimé que l'appli s'était plantée. Du coup, pour compenser, j'ai noté en activité physique tout le chemin que j'avais parcouru pour aller chercher le paris-brest, qui n'est quand même pas arrivé dans mon assiette comme par magie, soit quinze minutes de marche rapide. Et PAF ! Le lendemain matin, au réveil, l'appli m'a demandé de me peser. J'ai trouvé ça pas super réglo qu'elle me demande mon poids pile le jour qui suit le paris-brest. Alors pour que ça soit plus juste, je me suis pesée et j'ai rentré mon poids moins 2 kilos. Ensuite, j'ai supprimé l'appli. Mais maintenant, il faut vraiment que je fasse gaffe.

Comme tout ce processus m'a fait du mal et m'a filé une mauvaise estime de moi, j'ai décidé de changer radicalement de méthode, et de vivre ma vie comme si j'étais une sorte de naturopathe, avec tout le bien-être, la passion de l'hydratation et l'excitation totale à l'idée de manger une soupe aux orties.

Je vais profiter de ma nouvelle vie intérieure imaginaire pour me faire masser, arrêter de picoler, arrêter de cloper, manger des choses saines, faire un peu de sport, boire beaucoup d'eau, me coucher tôt – ce qu'on peut finalement appeler le break le plus chiant du monde (à moins d'avoir plus de 67 ans).

Le problème avec ce genre de programme de remise en forme, c'est qu'il est complètement incompatible avec le fait de passer du bon temps avec des amis. D'ailleurs, j'ai toujours imaginé les naturopathes avec une vie sociale assez limitée, à la limite de boire une infusion au thym en parlant sophrologie, mais pas plus.

Certaines personnes peuvent sûrement être saines et pas chiantes, bon, ce n'est clairement pas mon cas. À partir du moment où c'est l'heure de l'apéro et que je suis obligée de boire un jus de citron, je deviens mauvaise. Je me mets à mater les planches de fromage en me disant que c'est pas juste, que moi aussi j'y ai droit, et c'est généralement là que je craque.

Comme il était hors de question que ça se passe une fois de plus comme ça, j'ai décidé de voir mes amis uniquement à la maison, là où le frigo est vide et où il n'y a rien à boire à part de la Mont Roucous. De bons moments en perspective.

Thibault en a été la première victime. Comme chaque fois qu'il vient à la maison, il a la délicatesse d'apporter une bouteille, j'ai préféré le prévenir par SMS : « N'apporte rien, j'ai tout ce qu'il faut ! Bisous, à tout à l'heure ! » Quelques heures plus tard, il est arrivé, je lui ai proposé un verre d'eau, il m'a répondu : « Ah, je veux bien, je crève de chaud. »

Après l'avoir bu, il s'est aperçu qu'il n'aurait rien d'autre, à part peut-être un deuxième et un troisième verre d'eau : « Mais tu veux pas que je descende chercher une bouteille, pourquoi tu m'as dit de rien prendre ? »

Dans ce genre de cas, je ne sais pas pourquoi, mais mon premier réflexe est toujours de raconter n'importe quoi plutôt que de dire la vérité.

« Je sais pas, je trouvais ça sympa de changer.

— De changer ? »

Bon, je lui ai expliqué que j'essayais de faire une sorte de détox et que, du coup, je préférais ne rien avoir de tentant chez moi.

« Et, du coup, tu interdis à tous les autres de boire et de manger.

— Voilà. »

Je lui ai épluché un concombre en lui expliquant que, vraiment, avoir le sens de l'hospitalité, c'était essentiel pour moi, mais qu'avec lui je pouvais me permettre de déraper, et que ça prouve aussi que je l'aime et que je me sens en confiance. Ça m'a fait penser à un ex qui pétait au lit et qui se justifiait avec ce même argument : *« Ça veut dire que je suis bien avec toi. »* Ça m'a complètement dégoûtée. J'ai réalisé que je n'avais pas à faire subir aux gens que j'aime le fait d'être devenue chiante.

J'ai mangé le concombre, je me suis excusée et je lui ai proposé qu'on aille boire un verre chez le caviste tatoué, en bas.

« T'es sûre ?

— Oui, oui, je ne veux pas te faire souffrir. »

Je te like moi non plus

Je devrais sans doute me calmer. C'est la conclusion que j'ai tirée quand, ce matin, je me suis réveillée en m'apercevant que je m'étais mordu tout l'intérieur de la bouche pendant la nuit. Le truc qui m'avait contrariée depuis la veille, c'était un post d'Adélaïde sur Instagram. Alors, là, on est en droit de s'imaginer qu'il s'agissait peut-être d'un post offensant ou insultant, mais non, rien de tout ça, c'était juste un post un peu con.

Au lieu de zapper et de penser à autre chose, mon premier réflexe au réveil a évidemment été de retourner voir ce post pour serrer les dents et continuer à grogner encore plus fort. L'après-midi, je voyais mon ami Thibault : je lui montrai la photo en question. C'était pas tant la photo qui était pesante, mais toute la légende et cette série de hashtags. J'essayai de le mettre dans mon clan comme on fait en cinquième :

« Tu la trouves pas lourde, toi ? Tu trouves pas qu'elle s'invente une vie et qu'elle en fait des caisses ?

— Bah, c'est le principe d'Instagram, hein… C'est comme les selfies, tu crois que toutes les meufs qui postent leur gueule ont vraiment cette tête-là ? »

J'ai d'abord pensé à toutes les photos de moi sur lesquelles j'avais mis le filtre zéro pore dilaté/peau légèrement dorée et uniforme, puis je me suis reprise : « Ça n'a rien à voir. »

Voilà. J'étais à court d'arguments, le débat se terminait là. J'aurais pu répondre « *toi-même* », ça aurait été la même chose.

Me voyant commander mon troisième cookie en moins d'une heure, c'est lui qui a relancé la conversation :

« Du coup, t'as lâché ta détox ? »

Et puis, gêné par mon silence, il a enchaîné à nouveau sur le sujet :

« Mais enfin, qu'est-ce que ça peut bien te faire ? Si ça lui fait plaisir de faire croire qu'elle mène ce genre de vie, qu'elle le fasse.

— Oui, mais nous, on sait que c'est pas vrai !!! On le sait, nous !

— Et alors ? Tant mieux si tu le sais.

— Oui, mais moi j'aimerais qu'elle sache que je le sais. »

Je sentais bien que je m'enfonçais et que, plus je cherchais à justifier pourquoi mon amie était lourde, plus c'était moi qui avais l'air d'être névrosée. Le truc, c'est que c'était plus fort que moi, quelque chose m'agaçait dans ce besoin qu'elle avait de se réinventer. D'ailleurs, cette quête aux likes et aux commentaires, c'est complètement malsain, on dirait un fast-food de l'ego. Je venais de trouver ma réflexion hyper brillante, du coup je la reformulai à voix haute, hyper fière de moi :

« En fait, tu vois, Instagram, c'est du fast-ego ! C'est le McDo des narcissiques !

— C'est pas toi qui as posté une photo de frites et qui as eu plus deux mille likes ?

— Ça n'a rien à voir. Moi, je dis la vérité, j'aime vraiment les frites !

— Mais on parle pas de vérité, on parle d'Instagram. Va falloir apprendre à vivre avec, hein, t'es pas Fantômette, hein, t'es pas la police de la vérité. »

Le soir, je rentrai à la maison totalement épuisée par cette conversation. Je réalisais bien que j'avais un problème à m'énerver pour rien. J'ai d'abord hésité à ouvrir mon téléphone pour m'agacer encore un peu, finalement, j'ai cherché Fantômette sur YouTube.

Ça m'a évidemment foutu le bourdon et j'ai repensé à l'enfance, à l'adolescence, et juste au temps qui passe et à quel point nos vies changent. À défaut de me replonger dans des journaux intimes, j'ai eu envie d'appeler une amie que j'ai depuis l'école primaire, que je vois deux fois par an, mais avec qui on adore se remémorer le passé autour d'une bouteille.

C'est à ce moment-là, en pleine nostalgie, juste après avoir essayé de la joindre par téléphone que j'ai découvert que j'avais été « unfriendée ».

Je ne sais pas si j'ai grand-chose à dire là-dessus, je ne sais même pas trop ce que ça veut dire, en fait. À défaut de réussir à l'avoir par téléphone, je prenais des nouvelles de Sofia sur mon feed Instagram. Par nouvelles, comprendre : je vérifiais si elle était toujours vivante par le biais des photos de son chat, d'une photo de son ventilo et du dernier plat qu'elle avait bouffé au resto, quand je suis allée sur son compte pour en voir plus encore. C'est là que je me suis aperçue qu'elle avait supprimé des photos de nous. Naïve, j'ai d'abord pensé à un bug, puis, au bout de la sixième photo de nous qui avait disparu, oui il m'en a fallu du temps, j'ai compris. Je suis donc naturellement allée sur la partie « abonnement » et j'ai constaté que je n'étais plus suivie. Ça m'a semblé tellement grotesque qu'une fois encore j'ai pensé à un malentendu, elle a dû se désabonner sans faire exprès, je vous l'ai dit que j'étais niaise !! Pour vérifier, je suis allée sur Facebook, et c'est là que je suis tombée sur la petite icône bleue « demander en ami ». Comment ça demander en ami ?? Mais on est déjà amies !!!

Mon premier réflexe a évidemment été de me tourner vers mon immaturité totale. VENGEANCE ! Tu me *unfollow*, bah, moi aussi, je vais te *unfollow*. Très vite, ça s'est transformé par un *« Oh et puis merde »*, j'ai balancé mon téléphone, fermé mon ordi et recommencé à avoir une vie normale. Sans m'en rendre compte tout de suite, une colère a commencé à monter en moi, tout au long de la journée. Je l'ai remarqué parce que, ce jour-là, j'ai eu envie de faire du sport, et quand ça m'arrive, c'est que c'est plutôt mauvais signe.

Je me suis rendue à la salle d'à côté pour faire un peu d'elliptique, et au fur et à mesure que mon rythme cardiaque augmentait, mon irritation s'intensifiait. J'ai quitté la salle de sport en ayant ras le bol de suer et, plus généralement, ras le bol de tout. J'en avais marre de faire du sport pour être légèrement plus ferme sur la plage, marre de ces petites télés qu'ils collent aux appareils comme si on ne pouvait plus passer une heure sans avoir des images qui défilent devant nous, marre d'alterner entre chaînes d'info en continu et stars de téléréalité, marre, marre, marre, de la chaleur, et de la pollution et de tout ça. Et c'est là que c'est revenu : MARRE D'ÊTRE « *unfriendée* ».

C'est là que j'ai réalisé le cœur de ce qui m'énervait : elle avait vulgarisé et réduit notre amitié à notre époque. Elle avait effacé la notion de relation, les souvenirs, l'humain, avec son index sur un écran, sans doute juste avant d'avoir commandé un Uber, ou checké ses news sur son iPhone. Ce qui me faisait le plus de peine, au fond de moi, c'était que ça me la rendait idiote.

J'ai repensé à l'époque où les gens se faisaient la gueule, où on s'autorisait justement la temporalité, l'absence. Ou un geste à la con était une porte qui claque, mais où on savait que, cinq minutes après, on l'ouvrirait à nouveau et qu'au moins, pendant ce temps-là, on aurait réfléchi.

En fait, je crois que ce qui se passe là représente absolument tout ce que je déteste de notre époque dans la démonstration permanente de sentiments, dans l'émotion à chaud, dans l'ego trip, et le fait de se réinventer un soi. Cette façon de penser que, pour que les choses existent, il faut qu'elles se voient et que nos sentiments se résument en clics.

J'appréhende la chaleur

Ça a commencé ce matin. Je me suis réveillée, j'ai pris mon iPhone, un peu trop vite à mon goût, comme si j'allais y découvrir quatre appels en absence pendant la nuit, des textos, une nouvelle incroyable. Rien de tout ça, alors je suis allée sur Instagram, j'ai checké mes mails, puis les news... Plutôt que de poser mon téléphone et de commencer à mener une vie normale, j'ai survolé mes différentes applis, jusqu'à tomber sur la météo. Et là, l'angoisse. 39 °C. Le chiffre qui me stresse, le chiffre critique, celui de la fièvre, celui de la canicule, celui de la pointure que j'aurais voulu faire... J'ai immédiatement pris mon ordinateur pour taper « meilleur ventilateur de l'année » et, là, les bouffées de chaleur ont commencé. J'ai pensé à l'état de fatigue, aux corps qui suent, aux nuits à dormir nue sur le lit et non pas dans le lit, alors que j'adore sentir le poids de la couette, aux gens qui ont l'air de ne jamais transpirer, à toutes celles qui ne portent pas de frange. Non, je ne suis décidément pas faite pour la chaleur.

J'ai commandé un ventilateur en espérant qu'il arrive à temps et j'ai commencé à mettre en place tout un plan pour vivre l'épisode caniculaire le mieux possible. « Épisode caniculaire », et voilà que je me mets à parler comme une météorologue... Toute la journée, je n'ai fait que parler de ça à tout le monde, aux potes, aux commerçants, au chauffeur de taxi. Dans l'après-midi, il faisait 27 °C et je me plaignais déjà. La plupart des gens me répondaient : « Il a fait tellement moche, on l'attendait ce soleil, on va pas s'en plaindre. » Bah si !

Moi, j'étais heureuse sous la pluie, dans la grisaille. Il y a toujours un petit moment où je me sens humiliée quand mes lunettes sont recouvertes de gouttes, mais je préfère l'humiliation à la sueur. Je ne veux pas entrer dans cette période où le moindre geste est un effort. Déjà qu'en temps normal je suis un peu comme ça, alors en période de canicule, j'ai l'impression de me déplacer avec deux énormes boulets aux chevilles et aux poignets, et des auréoles sous les aisselles aussi. Le pire, c'est qu'on s'en fout, parce qu'on est tous dans le même état. Ça crée une promiscuité, une promiscuité dans la moiteur. On marche tous lentement, on fréquente des endroits climatisés alors qu'on n'a rien à y faire, et on répète des phrases en boucle : « L'important, c'est de beaucoup boire… Il faut surtout bien s'hydrater. »

J'appréhende tout, même les journaux à la télé, où l'on verra des gens se baigner dans des fontaines parisiennes. Je ne sais pas pourquoi, mais cette image, depuis ma plus tendre enfance, me fout un cafard total. Je regarde des recettes de citronnade sur Internet, et plus tard dans la soirée, je zappe à la télé et tombe sur un *Complément d'enquête* sur la fin du monde. Ça me fait peur, je lis ces articles qui prévoient des températures proches des 50 °C à Paris d'ici quinze ans, mais les quinze ans ont l'air d'être après-demain. J'ai des images de cabanes au bord de l'eau, dans des pays imaginaires qui ressemblent peut-être à l'idée que je me fais du Canada ou de la Norvège, ou des deux. Je regarde le prix de l'immobilier dans le Perche, puis en Bretagne. Je checke mon portable toutes les minutes en espérant voir un émoji éclair, je sens que je commence à avoir un comportement irrationnel. La chaleur me monte à la tête.

Et puis j'ai décidé de faire du tri.

Je ne saurais pas me l'expliquer, mais il faut toujours que je décide de faire un grand ménage le jour le plus chaud de l'année. C'est comme une punition que je m'inflige. Il faut dire que, depuis mon canapé où je suis échouée, je vois absolument tout mon bordel, et ça m'oppresse ! J'observe ces piles et ces piles de papiers, de livres et d'objets que j'ai accumulés tout au long de l'année et ça me donne encore plus chaud ! Je ne comprends pas comment j'en suis arrivée là. La gueule dans mon ventilo, je me dis que ça serait tellement bien d'avoir le superpouvoir de tout faire disparaître, ou juste d'avoir une cave. Si seulement quelqu'un pouvait m'aider !

J'appelle mon mec, désespérée, en lui disant qu'il faut absolument qu'on se débarrasse de tout notre bordel, mais il me fait remarquer que la plupart des choses sont à moi et aussi, évidemment, qu'on fera ça en temps voulu… Je raccroche, et à défaut de trouver un sauveur en lui, tout à coup, je me surprends à taper « méthode rangement Kondo » sur mon téléphone. Sur ma table basse, j'observe cette main en porcelaine remplie de pièces et de punaises, et je me revois dans la boutique avoir cet échange avec mon amoureux : « Ohhhh, on la prend, la main ? — Si tu veux, mais tu sais bien que moi je n'ai pas besoin d'objets, ça m'encombre… — Oh oui, mais c'est mignon quand même ! »

Je me dis que, vraiment, je ne me supporte plus (d'autant plus qu'on a aussi le pied de la même boutique, et le buste et la tête…). Et puis, cette main, elle était bien dans le magasin, seule, dans son décor, à la limite sur une pile de livres d'art, mais là comme ça, entourée de bordel, elle a juste l'air con. Je me souviens pourtant, en septembre, m'être dit que, cette fois, je prendrais soin de bien ranger au fur et à mesure, que je ne me laisserais pas envahir par mes merdes, et voilà, on est en juillet, et j'ai l'impression que mon appart est une boutique de souvenirs. La boutique de souvenirs de chaque jour où j'ai bossé et où je suis rentrée à la maison en balançant mes trucs n'importe où, en me disant : « Je les rangerai plus tard. » À cette époque-là, je ne savais évidemment pas que plus tard serait le jour le plus chaud de l'année, en culotte et d'une humeur massacrante.

J'ai commencé par le courrier. Comme chaque fois, j'ai ouvert les premières lettres, puis au bout du dixième courrier de la banque, j'ai fini par déchirer sans même ouvrir. Si c'était vraiment urgent, ils m'auraient envoyé un recommandé. Ensuite, je suis passée à la pile des trucs qui ne veulent rien dire, un mélange de souvenirs, de goodies, de tickets de caisse et de dessins griffonnés pendant des conversations téléphoniques, bref toutes ces conneries que j'avais gardées pour des raisons sentimentales et que j'ai cette fois larguées à la poubelle en poussant des cris de soulagement : « Poubelle ! Et ça, poubelle ! Et hop, à la poubelle ! » Plus je prononçais le mot poubelle, plus j'avais l'impression d'accomplir quelque chose d'extraordinaire. Je me répétais des trucs du genre : plus de superflu, juste l'essentiel et de l'ordre !!! Et petit à petit, je me sentais habitée par mon mec, Marie Kondo, mais aussi ces deux dames qui faisaient le ménage chez des gens sur M6.

À la fin de la journée, j'ai maté mes onze sacs-poubelle avec tellement d'amour. Après avoir tout balancé, je suis allée chercher mon courrier que j'ai ouvert et trié en bas : la banque, poubelle, la banque, poubelle, le serrurier arnaqueur de l'été, poubelle. J'ai juste remonté le catalogue de la nouvelle collection AM PM, mais je ne le feuilletterai pas avant septembre.

Je vends mon vélo d'appartement

Après en avoir bien profité comme portemanteau pendant cinq ans, j'ai décidé, sans surprise, de me séparer de mon vélo d'appartement. Il faut dire que j'ai trouvé de super patères années 70 dans une brocante en bas de chez moi qui rendent bien mieux dans mon entrée… Surtout, j'aurais dû me douter que le plan « Mais si ! Tu fais du sport tout en matant une série » n'était pas fait pour moi. Si je mate une série, c'est pour passer du bon temps, pas pour gâcher ça avec de l'effort, de la douleur et de la transpi. J'ai donc regardé la vérité en face : encore un achat pour rien, et j'ai rejoint la large communauté de ces gens qui finissent par abandonner leur vélo d'appartement sur Leboncoin.

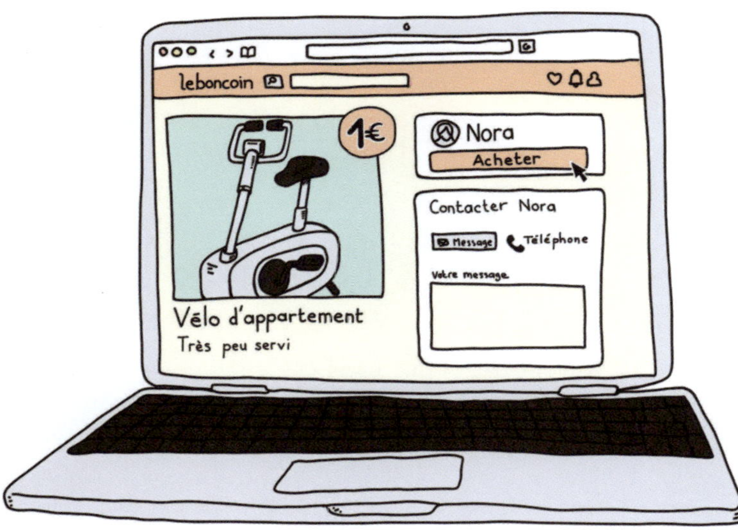

Au départ, le plus difficile a été de trouver la raison de ma vente pour l'annonce. Mon premier réflexe a évidemment été de mentir : « Pour cause déménagement, nous sommes obligés de nous séparer de notre magnifique vélo… » Et puis, je me suis dit qu'il fallait que j'assume, alors j'y suis allée franchement : « À vendre, vélo d'appartement, cause FLEMME. Excellent état puisque utilisé seulement neuf minutes. »

Dès le lendemain, mon honnêteté paye ! Je reçois un appel d'un type particulièrement intéressé. Le problème, c'est qu'il me pose des questions techniques auxquelles je n'ai aucune réponse : le poids du vélo, le confort de la selle, les différents niveaux de vitesses… Je brode un truc vite fait au sujet de la selle qui gagnerait à être plus confortable et là, je me surprends à sortir une plaisanterie d'amatrice de vélo, du genre : « C'est sûr que vous n'allez pas avoir l'impression de monter le Tourmalet avec ça. » Grâce à ma blague, le courant passe de mieux en mieux, et je sens que mon acheteur est à deux doigts de craquer.

Ça fait maintenant vingt minutes qu'on parle au téléphone d'un objet dont je ne connais rien. On me demanderait des infos techniques sur un vaisseau spatial, ça serait à peu près du même niveau. La conversation se termine sur le prix, il me demande s'il est négociable, je lui réponds que oui, en toute sobriété, mais la réalité, c'est que je ne peux tellement plus le blairer, ce vélo de merde, que je serais presque prête à le payer pour qu'il m'en débarrasse !!! Génial, on part sur 20 € et on se retrouve ce soir à partir de 18 h 45 pour la transaction.

À 18 h 01, le gars débarque chez moi en m'expliquant que c'est incroyable comme ça circulait bien… Et alors que je pensais faire l'échange sur le palier, il franchit le pas de la porte pour venir « voir la bête ». Je mets donc naturellement en route toute ma petite stratégie de folle paranoïaque qui a peur des inconnus, une méthode qui consiste à parler à mon mec comme s'il était occupé dans une autre pièce, alors qu'il n'est pas là, tout en évoquant ses différents sports de combat. Je le joue de mieux en mieux, je fais entrer le type : « Euh oui oui, entrez, j'étais juste un peu occupée », et j'enchaîne en criant : « Non, je ne sais pas où sont tes gants de boxe, chéri, ils sont pas derrière la batte de baseball ? » Voilà, tout en sobriété. En plus, je l'appelle chéri, ce que je ne fais jamais dans la vraie vie.

C'est là que mon potentiel client me demande s'il peut le tester. Soyons clairs : il n'a jamais été question de test, mais comme je suis commerçante, et surtout que j'ai peur que ça soit un psychopathe et qu'il me tue si je refuse, je lui réponds que oui, bien sûr, il peut, tout en hurlant encore au loin : « J'arrive, j'en ai pour deux secondes ! » Le mec enlève donc son manteau et commence à pédaler, à changer les vitesses, à calculer ses calories perdues tout en commentant la déco de mon appartement et en me demandant si mes patères seventies sont à vendre… Clairement il s'est cru dans *Un trésor dans votre maison*. Je lui réponds que non, et que la seule chose à vendre ici est le vélo. Là, gros froid. Il arrête de pédaler, se dirige vers la porte et me propose qu'on se tienne au courant. Moi, je m'étonne : « Mais vous ne partez pas avec le vélo ? » Non, il doit faire vite, il est garé en double file… Le mec se fout de ma gueule, ça fait trente minutes qu'il pédale ! Il finit par se casser et, moi, en plus d'avoir toujours ce vélo d'appartement, un mec imaginaire qui aime beaucoup trop les sports de combat, j'ai droit à un parfum d'ambiance mi-serre tropicale mi-Club Med Gym. Encore un qui cherchait inconsciemment un portemanteau.

« Beignet, chouchou, bouée, panier… »

Je n'ai pas préparé l'été. Normalement, à partir du mois de juin, je commence toujours un peu à paniquer. Je me dis que je suis à la plage dans deux mois, que ma peau est blanche, que mon cul est un peu trop confortable et que mon ventre… Bref, je m'impose une phase de frustration pendant laquelle mon seul plaisir réside dans le fait de fantasmer une version de moi que je n'atteindrai jamais. Je bois des jus détox, j'avale des capsules de bêtacarotène et, en même temps, je m'imagine sur la plage avec une taille en moins, un bonnet en plus, les cheveux plus longs et la peau très mate… En gros, j'imagine quelqu'un d'autre. Cet été, je ne sais pas trop si c'est la maturité (une sorte de sagesse qu'on atteint avec l'âge et qui nous pousserait à s'accepter telle qu'on est) ou si c'est la flemme, mais je n'ai rien fait de tout ça.

Dans trois jours, je serai à la plage et ça ne m'a absolument pas empêchée de commander une tarte au citron meringuée en dessert ce midi.

Adélaïde qui m'accompagnait au déj et qui sirotait tristement son jus de citron pressé m'a sorti : « Oh ! la la, t'as tellement de chance de t'en foutre ! » Mais, en réalité, on ne peut pas vraiment dire que je m'en fous. C'est juste que j'ai compris que, quoi que je fasse, je n'allais en tout cas pas être une personne différente.

Attention, ça ne m'empêche pas de faire une série d'abdos fessiers comme ça une fois de temps en temps quand ça me prend, ou de commander un burger avec de la salade plutôt que des frites en accompagnement, mais disons que le gros chantier pour devenir la meilleure version de moi-même ne m'intéresse plus. Je me suis demandé s'il y avait un truc triste là-dedans, si je n'avais pas un peu lâché l'affaire. En fait non, c'est juste que je me suis rendu compte qu'on avait tous et toutes des meilleures versions de soi-même différentes, et que la mienne mange clairement plus qu'elle ne fait d'efforts pour être bien foutue.

J'ai bien quelque part à l'intérieur une version de moi qui cherche à tout prix à avoir un maillot de bain duquel rien ne dépasse, mais je crois qu'au final, c'est juste ma version chiante et névrosée. Le soir au lit, alors que j'avais prévu de me coucher tôt pour récupérer et me faire du bien, j'ai passé des heures sur Instagram, en transpirant d'un nouveau pli du ventre que je ne connaissais pas.

J'ai maté des copines en vacances, puis des gens que je ne connais absolument pas. Au bout de la cinquième photo de meuf chevauchant une bouée licorne comme une amazone, je me suis sentie un peu déprimée. Rien de grave, juste un coup de cafard. J'ai d'abord cru que c'était le fait de voir toutes ces meufs bien gaulées qui me renvoyaient à mes propres complexes, avant de réaliser que non, c'est juste que toutes ces images, cette esthétique, c'était d'un ennui… Toutes ces photos se ressemblaient, toutes ces poses, ces bouées, ça manquait un peu d'humour et de trucs différents. Je me suis imaginée à mon tour dans une bouée donut en train de poser avec ma peau rosée, mes taches de rousseur et ma frange qui ondule et ça m'a fait du bien. Évidemment que je préférerais être ferme comme une Barbie, avoir un coach tous les jours et me surpasser, mais c'est comme si je venais de réaliser qu'au fond j'attendais de me faire chier pour m'y mettre.

Pourtant l'esthétique de l'été m'a toujours inspirée, mais disons que, plutôt que la fille à la bouée, j'aimerais être la fille au panier.

À tel point que je finis toujours par en acheter un à la fin des vacances, au marché, entre une paire d'espadrilles que je ne porterai jamais et un morceau de fromage pour douze que je mangerai toute seule, mais cette année j'ai anticipé le coup, j'ai acheté mon panier à Paris avant de partir. J'ai un rapport très ambigu au panier, je l'aime mais il m'agace, il me rappelle que c'est les vacances et, en même temps, j'ai l'impression que ce ne sont jamais les miennes, mais celles de Jeanne Damas.

Pour moi, le panier appartient à cette femme qui porte des robes mi-longues boutonnées sur le devant et des bijoux en or, même sur la plage. Une sorte d'égérie Barilla qui pourrait aussi bien passer ses vacances en Italie qu'à l'île de Ré ou dans le Sud, près de Porquerolles. En gros, pas à la montagne. D'ailleurs, ça se fait de porter un panier à la montagne ? Il y a bien des gens qui portent des Ugg en ville. Enfin, il y a bien des gens qui portent des Ugg tout court. Bref, je réalise que la fille au panier est partout. Elle n'a pas vraiment de destination, elle s'en fout, elle est tranquille et elle trimballe tout plein de pochettes dans son sac, dont son écran total indice 50, qui ne l'empêche pas du tout de bronzer, alors que, nous, on ne va pas se mentir, on en met de l'écran total, mais il ne se passe rien.

Je connais la fille au panier depuis que je suis petite. La première fois que je l'ai rencontrée, c'était en primaire, c'était la mère d'une copine qui portait uniquement des jeans clairs, du blanc cassé au beige. Elle avait accroché tout plein de paniers dans sa salle de bains, qui était un peu une sorte de boutique de souvenirs de ses vacances, on y trouvait aussi des coquillages et des petites bouteilles remplies de sable fin qu'ils avaient dû ramasser en famille en fin de journée sur la plage. Ça me foutait un de ces cafards.

La fille au panier est toujours légèrement bronzée en arrivant en vacances. Elle n'est pas comme ceux qui arrivent tout blancs. Elle a déjà pris des couleurs pendant l'année et, quand on le lui dit, elle s'étonne : « Ah bon ? Pourtant je ne suis pas partie, mais c'est vrai que j'ai marché longtemps la semaine dernière, c'est peut-être ça. » Nous, quand on marche longtemps, on sue, elle, elle bronze, OK. Parfois aussi, elle avoue qu'elle a passé un week-end en Normandie et qu'il y a fait un temps de rêve !!! Il faudrait qu'on y aille avec elle, en Normandie, parce que, nous, chaque fois qu'on y va, il fait un temps de merde.

Cet été, j'en vois plein. Elles sont toutes différentes, mais elles ont toutes ce truc en commun de n'avoir jamais l'air de souffrir de rien. On n'a jamais vu une femme au panier en chier. D'ailleurs, je tiens à préciser que toutes les femmes qui ont des paniers ne sont pas LA fille au panier. Non, c'est un ensemble. Moi par exemple, quand on me voit, je n'ai rien de la fille au panier. D'ailleurs, même lui n'en est plus tout à fait un. Je ne sais pas comment le traiter, j'y mets soit trop de choses, soit pas assez – d'ailleurs, pour info, une pastèque, ce n'est pas une bonne idée, c'est un peu trop lourd et ça le déforme. Et puis, avec le poids du fruit, ça s'affaisse, la corde s'enfonce dans la peau et ça fait hyper mal. Décidément, ça ne sera pas pour cette année non plus, tant pis, il me reste toujours le paréo.

Projet : être la fille au paréo

Rien que pour prononcer le mot. « Paréo », « paréoooo », « paré oh oh oh oh ». C'est tellement les vacances, le paréo, pour moi, c'était un truc hyper vintage qui ne se faisait plus, un truc que j'avais dû voir pour la dernière fois sur Nathalie Baye dans *La Baule-les-Pins,* ou dans la boutique où ma mère achetait ses ensembles dans les années 80 avec la vendeuse qui disait : « Et je vous mets le paréo avec ? » Je trouvais ça tellement chic d'avoir un drap assorti à son maillot, ça faisait comme un petit uniforme de plage, et, sur l'étiquette, il y avait un petit manuel avec les différentes positions possibles : en robe-bustier, en jupe ou comme une toge.

Quand j'étais petite, je m'amusais à en essayer. Ça faisait une robe immense avec une longue traîne, j'avais l'impression de ressembler à un fantôme, un fantôme qui aurait joué dans le clip de *La Lambada.* Depuis ces années-là, je n'ai pas eu le souvenir d'en revoir, dans mon inconscient, c'était un truc de « maman », surtout, j'étais persuadée que ça ne se faisait plus. Jusqu'à avant-hier ! Énorme choc quand je découvre qu'en fait le paréo existe toujours. La seule chose qui a changé depuis mon enfance, c'est qu'ils ne sont plus complètement assortis au maillot, en même temps, même les hauts et les bas des maillots ne sont pas assortis. En revanche, comme dans mes souvenirs, le paréo est bien un accessoire de maman.

La fille au paréo est mère d'au moins deux enfants, dont un en bas âge, mignon, qui porte un petit bob blanc. Elle enfile son paréo chaque fois qu'elle doit se lever pour lui chercher de l'eau, le porter pour le bercer, ou courir pour engueuler son autre fils de 12 ans, qui fait le con sur les rochers. Elle a un truc à la fois sportif et élégant, le genre de fille qui lit tranquille sur la plage, mais on ne serait pas étonnée si elle nous proposait une session de surf. D'ailleurs, elle en faisait à haut niveau quand elle était jeune, mais, là, avec les enfants elle a moins le temps, et ça lui va très bien.

La fille au paréo, c'est ce genre de fille à être complètement à l'aise avec son âge. À tel point qu'elle dit : « C'est plus de mon âge », alors qu'en vrai elle est beaucoup plus en forme que toi qui as cinq ans de moins qu'elle. La réalité, c'est qu'elle a fait beaucoup de sport quand elle était jeune, du tennis, du surf, donc, de l'équitation, et beaucoup de marche à la montagne en Suisse chez ses grands-parents. Donc aujourd'hui, elle rigole, genre « J'en fous pas une », mais elle a un corps super athlétique, et ses deux enfants ne la fatiguent pas du tout. Ni celui qui se lève à 6 h 30, ni le con qui fait le mur. Après, comme elle a l'esprit d'équipe et qu'elle est humble, parfois elle sort : « Tu rigoles, je suis crevée », rayonnante, avec un grand sourire, en s'appliquant son huile secrète dans les cheveux, celle qui sent hyper bon et qui ne les graisse pas.

Le soir, autour de l'apéro, je parlais d'elle à Alice :

« T'as vu comme elle est belle, et comme elle gère !

— Ah ouais, elle est sympa, hein !!

— Et t'as vu son paréo ??!!

— Non, il est comment ?

— Je sais pas mais t'as vu comme il est beau et comment elle le noue !!

— Bah, t'en veux un ? Je te prête le mien, si tu veux. Ah, attends, on en reparle tout à l'heure, je vais donner le bain aux filles. Il l'a déjà pris, le tien ? »

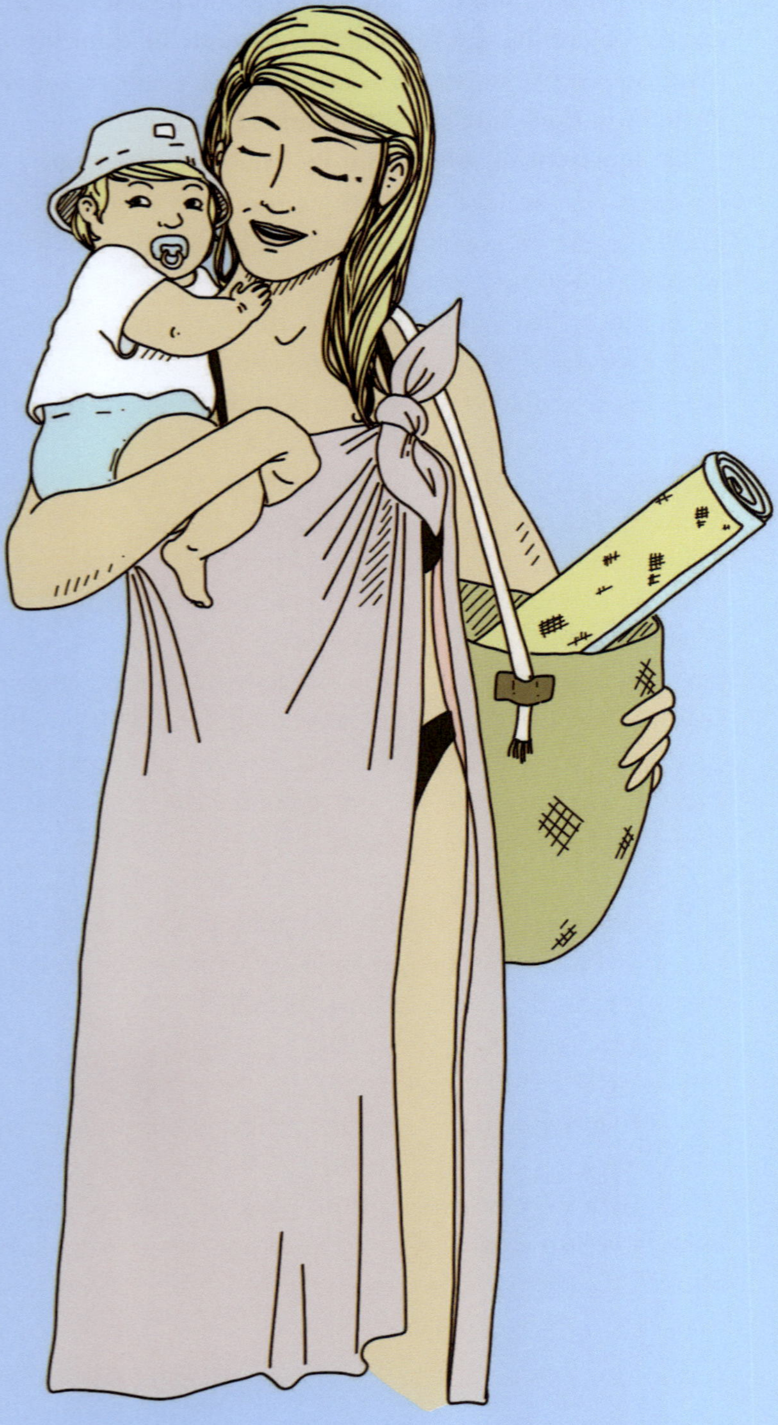

Elle a porté une fille à chaque bras, en toute légèreté, comme si c'était deux brassards gonflables alors que, moi, j'ai les bras qui tremblent dès que je soulève une bouteille d'un litre, et mon fils glisse au niveau de mes genoux tous les mètres quand je le porte et je dois le relever en poussant un râle.

Évidemment qu'Alice aussi en avait un, de paréo.

J'ai organisé mes vacances d'hiver

Ça m'a pris avant-hier. J'étais là, allongée sur le dos dans un transat trop mou, le corps en surchauffe recouvert de Biafine quand je me suis dit : *Stop, ça commence à bien faire l'été.* J'ai ouvert mon ordi et j'ai tapé différents trucs : location chalet nature, location chalet ski, gîte calme dans la nature, gîte dans le froid.

Je ne sais pas exactement pourquoi j'ai choisi de mettre froid dans mes mots-clés, mais je pense que ça avait quelque chose à voir avec mon corps tout rose, comme s'il m'appelait à l'aide.

En matant les différentes photos de sapins sous la neige, je me suis tout de suite sentie mieux. Pas seulement sur les couches supérieures de mon épiderme, non je me suis sentie mieux en profondeur. Tout à coup, ces photos de paysages enneigés m'ouvraient de nouvelles perspectives, et je sentais très fort en moi la possibilité d'un avenir meilleur.

Ça m'a fait exactement le même effet que quand je croise un magnifique pull en laine et cashmere de la nouvelle collection dans la vitrine d'une boutique alors qu'on est encore en plein été et que je porte le même short en jean (sale) depuis quatre semaines.

Je l'adore ce pull de la nouvelle collection, mais je sais qu'on ne ressent pas toutes les mêmes sentiments pour lui. Le jour où je l'ai croisé cette année, j'étais avec Alice, elle l'a regardé vite fait et m'a dit : « Oh ! la la, ça me déprime ces fringues d'hiver !! Ils abusent, on est encore fin août ! » Moi, j'étais ravie, et ce n'était pas la canicule qui allait m'empêcher d'aller essayer ce gros col roulé informe. J'ai hésité à la rapporter chez moi, et j'ai finalement décidé que non. Franchement, ça ne sert à rien d'aller trop vite, je n'avais pas envie de me lasser de lui et de gâcher notre relation. On remettra ça en octobre.

Pour en revenir à mes vacances d'hiver, j'y ai passé plusieurs heures pendant que mes potes tentaient des déclinaisons de Spritz et que mon fils faisait un concours de qui est le plus rose entre Peppa Pig et moi. J'ai fini par trouver LE chalet de mes rêves, et j'ai immédiatement voulu partager la bonne nouvelle : « Han !! Venez voir là ! Y a un chalet fou avec une cheminée à feu ouvert et des tapis poilus !! »

Alice, celle qui avait déjà craché sur mon pull à col roulé, est la première à m'avoir répondu : « Mais t'es grave ! Tu peux pas profiter un peu du moment présent plutôt que de penser déjà

aux vacances de Noël ? Et cet hiver, tu penseras aux vacances d'été ? »

Alors là, complètement faux, en hiver, je ne pense qu'à l'hiver, au feu de bois, à la nature, aux guirlandes lumineuses et à la raclette aussi, beaucoup à la raclette. Et puis, ça va, je suis dans le moment présent, j'en suis à mon troisième Spritz !

Le soir, en me couchant, j'ai quand même repensé à tout ça. Est-ce qu'ils avaient raison ? Est-ce que je suis incapable de profiter de l'instant présent ? C'est vrai que je suis incapable de manger mon entrée sans penser au plat, et mon plat sans penser au dessert qui va suivre, mais est-ce que je suis comme ça pour tous les aspects de ma vie ?

Je me suis imaginée dans ce chalet, près de la cheminée avec le col roulé que j'avais croisé dans la vitrine et je me suis laissée aller à mes rêves.

Le lendemain pour continuer sur ma lancée, j'ai attendu la pluie.

Je commençais à me sentir un peu oppressée par cette chaleur et ce beau temps. Dernièrement, je me sentais comme quand on est en couple et que les sentiments sont anesthésiés par le quotidien : ça va, tout est tranquille, mais ça se traîne. En général, en amour, je règle ce problème en créant une crise mensuelle ou menstruelle pour rien, juste histoire de mettre un peu d'animation dans mon couple, mais, concernant la routine de l'été, je n'ai pas grand-chose à faire à part invoquer l'orage. Et puis, ouf, ça a pété. Le ciel est devenu tout gris, presque noir et – alléluia – la pluie est tombée hyper fort.

Ça a immédiatement réveillé mes émotions, j'ai ressenti une sorte de mélancolie, un cafard que j'aime parce qu'il est cinématographique, romantique, beaucoup plus cinématographique que n'importe quel Spritz en terrasse. Un cafard qu'il ne faut surtout pas gâcher en allant voir des vidéos de ciel sur Instagram ou n'importe quel JT qui utiliserait les mots : crues, sécheresse ou zouave… Non, il faut juste rester devant sa fenêtre et profiter. Je me souviens que, petite déjà, je me sentais protégée quand la pluie tombait pendant la nuit et que, moi, j'étais au lit. J'avais moins peur de faire des cauchemars, je me disais qu'avec ce temps pourri les méchants auraient la flemme de sortir de chez eux (les méchants à cette époque-là étaient les voleurs, les cambrioleurs, et le fou exhibitionniste qui traînait entre le square et la boulangerie. Et évidemment, ils étaient tous à ma recherche).

Aujourd'hui encore, je me sens comme protégée par la pluie. Je me souviens pourtant d'une phase dans ma vie où notre relation était beaucoup moins évidente, mais c'était à l'adolescence et ma puberté avait complètement transformé ma nature de cheveux.

De mes 13 ans à mes 16 ans, j'ai détesté la pluie et je voyais en elle rien d'autre que l'ennemie numéro un de mon charisme capillaire. Il faut dire qu'à l'époque je rêvais d'être Posh Spice, et mon meilleur ami était un fer à lisser Babyliss. Bref, mes cheveux ont retrouvé leur nature et, même si parfois je ressemble à un petit chiot quand ma frange est mouillée, je me sens à nouveau comme dans un cocon quand la pluie tombe.

C'est comme si, tout à coup, on faisait un spectacle avec l'imprévu, qu'on refusait l'évidence : on pensait passer la journée à la plage à se comporter comme des escalopes milanaises dans leur chapelure, eh bah non, on va rentrer à la maison et recommencer à avoir une vie intérieure. Et là, au chaud, quand j'écoute l'averse, je ne peux pas m'empêcher de me dire que c'est comme si la mélodie des gouttes de pluie qui tapent contre les Velux disait « Je t'emmerde » à tous les tubes de l'été.

Quand ça s'arrête, ça sent la pluie, ça sent un truc de l'enfance, peut-être un peu la cour de récré. Et ça fait à nouveau comme dans une histoire d'amour, on se dit que, maintenant qu'on a bien chialé, on est prête de nouveau à repartir sur de bonnes bases, à profiter et à être légère, à accepter que le beau temps, c'est quand même pas mal.

Mon fils a débarqué en slip et bottes de pluie :

« On peut sauter dans les flaques ?

— Oh, oui, quelle bonne idée ! Et après je regarderai si on peut trouver des épisodes de *Mimi Cracra* sur Internet. »

La Fille Qui Se Mouille La Nuque
AVANT DE RENTRER DANS L'EAU
"La Grâce à l'état pur..."
"UN CHEF D'OEUVRE!"
Le Cinéphile
POPCORN.COM

Marquée à vie

C'est clair, je ne suis pas une fille de l'été. La plage m'a beaucoup trop déçue. J'avais sans doute des attentes trop élevées à cause de mes souvenirs cinématographiques. J'ai été marquée par des images de couchers de soleil, de scènes d'amour torrides, de baignades heureuses où l'eau n'a jamais l'air froide. Y a-t-il un film qui montre quelqu'un se mouiller la nuque avant d'entrer dans l'eau avec un corps crispé à l'extrême ? Et si possible un film où cette personne serait désirable ?

Mon fantasme ultime, c'était Nathalie Baye dans *La Baule-les-Pins*. Je devais avoir entre 6 et 8 ans quand j'ai découvert le film de Diane Kurys, et à partir de là, je me suis fixé mon premier objectif de vie : quand je serais grande, j'irais à la plage avec un brushing, les ongles faits et des bijoux.

Ce même été, j'ai chopé le pire coup de soleil de ma vie dès le premier jour des vacances et j'ai donc passé un mois à me baigner en tee-shirt. Je me souviens du bruit et de la sensation contre mon dos rouge quand il faisait ploc ploc, ploc. Métaphoriquement, c'était comme une première claque dans la gueule. C'était un signe, la vie ne serait pas simple.

J'enviais les filles qui avaient l'air de n'avoir jamais chaud, qui n'étaient pas harcelées par leur mère pour se mettre à l'ombre, et qui, le soir, comparaient leurs marques de bronzage sous leurs bracelets brésiliens. Ces meufs-là étaient des icônes. Pour moi, elles étaient aussi charismatiques que la fille qui dansait dans le clip de *La Lambada*.

Le seul avantage que j'avais par rapport aux autres, c'était de peler. Chaque fois que j'enlevais un lambeau de peau, j'éprouvais une satisfaction extrême. Un peu comme aujourd'hui, quand on s'aperçoit qu'on a laissé le film plastique sur son iPhone et qu'on se fait une joie de le retirer.

C'est d'ailleurs drôle de comparer ces deux sensations qui ont presque trente ans d'écart. Et c'est d'autant plus drôle que chaque fois que je me retrouve sur une plage, je repense au passé. Les tee-shirts Waikiki ont été remplacés par des tee-shirts anti-UV et c'est tant mieux, et les mères qui les tendent à leurs enfants ne sont plus maquillées, mais directement lissées à l'acide hyaluronique et c'est tant pis.

Qu'est-ce qui nous rend mélancoliques ? Est-ce que c'est le mouvement des vagues qui veut ça, en avant puis en arrière, ou bien les odeurs de monoï qui rappellent toujours l'insouciance de l'enfance et l'époque où on se cramait à la graisse à traire ?

Comme ce temps-là paraît loin sur une plage.

Celui où un mégot n'était qu'un mégot et l'été infini, alors qu'aujourd'hui le temps nous semble être compté.

L'avant-dernier jour de ces vacances, j'ai retiré mon tee-shirt blanc, ma peau avait mué et j'avais le droit de me remettre en maillot de bain. J'étais fière de moi avec mon bronzage agricole, je pouvais enfin être comme tout le monde. Tout l'après-midi, j'ai bouffé des Calipo au soleil.

À la fin de la journée, quand la lumière est plus douce et que le bronzage se voit bien, j'ai croisé le regard de ma mère, elle a retiré ses lunettes de soleil et a poussé un petit cri : « Ohhhhhh comme c'est mignon, regarde-toi dans la glace, c'est adorable !!!! »

Elle m'a tendu son poudrier mais j'ai refusé, peut-être que j'avais pressenti un mauvais truc.

En rentrant dans notre location, le soir, je me suis enfermée à double tour dans la salle de bains. Tout doucement, le cœur qui palpitait, je me suis regardée dans la glace. J'étais criblée de taches de rousseur. En une journée, j'avais changé. En une journée, j'étais marquée et je ne savais pas encore que ça allait durer pour toujours.

C'est la rentrée

De retour à Paris, j'ai eu la confirmation : le monde a changé et je suis une dame. Pour les enfants de mes voisins que j'ai croisés dans l'ascenseur ce matin, j'étais carrément une « madame ». Habituellement, ça m'aurait dérangée. Oh ! la la ! ce coup de vieux, et puis, là, c'est passé tout seul. C'est comme si j'acceptais de ne plus faire partie de leur « camp ». Enfin ! Pendant des années, je m'identifiais systématiquement aux enfants plutôt qu'à leurs parents (quel que soit leur âge…), mais, là, ça a changé. J'avoue que, pendant quelques minutes, j'ai quand même fait mon calcul : ils doivent avoir quoi, environ 15 ans, est-ce qu'en âge je suis plus proche d'eux ou de leurs parents ? Hum, je dois être pile au milieu…

En tout cas, une chose est sûre, dans leurs yeux, je suis clairement plus proche de leurs parents. Ça m'allait toujours. Pour la première fois, je réalisai que j'étais contente d'être une adulte et que je ne me sentais plus habitée par l'éternelle ado qui adorait squatter ma vie intérieure. Ça m'a libérée d'un poids. En allant à l'école prendre en photo la liste de la classe de mon fils, j'ai croisé des parents d'élèves, je me suis surprise à les tutoyer, je ne suis pas allée jusqu'à leur proposer un « kawa », mais quand même, avec ce tutoiement, j'étais clairement passée de l'autre côté.

En rentrant chez moi, j'ai eu envie de dire au revoir à toutes ces sapes que j'avais achetées pour mon ado intérieure et non pas pour moi, à mes kilos de Converse, de sweat-shirts informes, mon legging chat et mon tee-shirt Mickey. Non, quand même pas à mon tee-shirt Mickey, mais le reste, oui !

J'aurais pu être tentée de filer dans des boutiques remplacer toute ma garde-robe par des talons hauts et des vestes cintrées, mais comme je commence à me connaître, j'ai laissé de côté l'hystérie et les achats compulsifs pour réfléchir un peu à tout ça. Pourquoi est-ce que, tout à coup, je m'acceptais mieux ? Est-ce que j'étais en train de devenir cette meuf cliché qui raconte sa vie comme si elle vivait dans la rubrique « Une journée avec » du *Elle* et qui explique qu'elle se sent beaucoup mieux dans sa peau à la trentaine qu'à la vingtaine ? Non, au secours pas ça, pas moi ! Il faut que j'arrête avec ça. Avec ce genre de questions, on dirait Adélaïde. Déjà, je ne suis pas du tout une grande amatrice de thé vert et puis, surtout, ce n'est pas tellement que je me sens mieux, c'est simplement que je me sens juste. Je me sens à ma place.

C'est comme si le fait d'avoir clairement renoncé à « faire jeune » me faisait me sentir moins vieille, l'inverse des enfants à qui on fait porter des cravates et qui ont subitement l'air d'être tout juste nés. Je n'étais pas très sûre de savoir d'où venait cette soudaine sérénité ni combien de temps elle allait durer. Peut-être que c'était la maternité ? Ou d'avoir quitté mon psy ? Ou est-ce que c'était tout simplement lié à cette sexagénaire que j'avais croisée dans un café la veille et qui était sapée et coiffée comme moi et qui m'a fait l'effet d'un miroir du futur : « Coucou, je suis toi dans trente ans avec ton style casual et ta petite queue de cheval haute, alors, tu te trouves cool ? » Je n'avais pas la réponse (concernant la sérénité, concernant la queue de cheval je l'avais et non, ce n'était pas cool).

C'était sans doute un mélange de tout ça. Et même si je me doutais bien que quitter l'ado en moi pour vêtir mon enveloppe d'adulte ne passait pas que par remplacer une queue de cheval haute par un bun, je me sentais plutôt prête. Prête à me dire que les marques du temps font du bien, prête à arrêter de regretter mon corps d'il y a quinze ans, et surtout prête à comprendre qu'en fait il n'y a rien à attendre de chiant pour devenir une dame. Pendant tout ce temps, j'imaginais qu'être adulte correspondait à un moment où on quittait une forme de légèreté, comme si à un moment donné j'avais oublié que l'adolescence n'avait été que lourdeur. Alors je me suis dit que c'était peut-être ça aussi grandir : la possibilité d'attendre son premier cheveu blanc dans un tee-shirt Mickey. Et s'en foutre.

J'ai pensé à l'espace et au temps

Je ne sais pas comment c'est arrivé. Peut-être une photo sur le compte Instagram de la Nasa, ou une nuit particulièrement étoilée. Quand j'étais petite, l'espace me fascinait complètement. Il faut dire qu'il y avait de quoi nourrir cette passion : la série *V* et leur façon de bouffer élégamment des souris dans leurs belles combis rouges, *Alf*, *E.T.* et tout plein de gens bien qui venaient de là-bas. Je me souviens qu'à l'époque, quand je m'imaginais dans les années 2000, c'était vertigineux. Rien que ce chiffre ! Je me disais que tout aurait peut-être explosé d'ici là, ou qu'on aurait peut-être rencontré les extraterrestres, ou que les gens se marieraient peut-être sur d'autres planètes et feraient du tourisme spatial.

On est vingt ans plus tard, j'ai 35 ans, et a priori, il n'y a rien de tout ça… Enfin, si, la planète n'est pas en forme, mais naïvement, j'imaginais que ça serait plus de la faute des météorites que de notre propre connerie. On était pile dans la période *Armageddon*… Pourtant, tellement de choses ont changé, c'est juste que ça ne ressemble en rien à ce que j'avais imaginé. Parfois, j'observe autour de moi et j'ai quand même l'impression d'être dans le futur. Les gens se déplacent en trottinette, certains fument des sortes de clés USB (je ne sais pas si vous voyez de quoi je parle, mais ça me met hyper mal à l'aise, pour une raison que je ne m'explique pas encore totalement), et puis d'autres ont des pommettes plus saillantes et le front plus lisse que la normale, un peu comme quand on se demandait comment l'humain allait évoluer physiquement dans des années, sauf qu'on ne savait pas que ça serait par sa volonté, et par le botox.

J'ai pensé à tous ces changements qui sont arrivés ces dernières années. Quand j'étais petite et que ma mère me racontait qu'elle avait connu la télé en noir et blanc, je la considérais presque comme une femme préhistorique. Et aujourd'hui, je suis en train de raconter à mon fils comment on faisait sans téléphone, sans Internet, sans ordinateur : je suis devenue « Lucy »… Chaque fois que j'ai le réflexe d'immortaliser un souvenir sur mon iPhone, je m'agace. Tout est allé si vite. La seule chose qui n'a pas changé, c'est mon ignorance totale sur les extraterrestres, l'espace et le Big Bang. Bon, il y a bien eu la photo d'un trou noir il y a quelque temps, mais c'est un trou noir, quoi.

Chaque fois que la Nasa nous annonce qu'elle a une grande nouvelle, je sens à nouveau le frisson de mon enfance. Je pense à *E.T.*, *V*, *Alf*…, puis je me contente d'un caillou posé sur je ne sais quelle planète et je me dis que c'est déjà pas mal. S'il est tard, j'essaye de visualiser l'infini, je pense au vide autour de nous, je pense au concept même d'infini, je pense au début. Il y avait quoi, avant le début ? Ça me fait de petites palpitations au niveau de la nuque, je sais que mon cerveau n'est pas apte à répondre à toutes ces questions mais j'aimerais juste comprendre un peu, sans pour autant me causer un AVC. C'était quoi, avant que ça commence, avant le Big Bang, avant l'univers ? Je visualise un mur blanc dans lequel ça aurait fait splash, et de là, tout commencerait. Mais pourquoi le mur serait blanc, et qui aurait balancé la première goutte ? Et qui aurait construit le mur ? Alors je me sens minuscule.

Pour sortir de mes angoisses existentielles et intergalactiques il suffit que je fasse un saut dans le présent. Ça tombe bien, mon fils aussi se pose des questions et il aimerait bien voir un épisode d'*Il était une fois la vie.* Quand il dit « un épisode », il faut évidemment comprendre trois épisodes et ensuite un dernier, mais juste un, allez un seul, mais s'te plaîîîîîîît, un dernier !!!

Je me replonge dans la série avec lui, Netflix diffuse exactement les mêmes épisodes qu'il y a trente ans, en peut-être un peu plus propres, je crois qu'ils disent « remasterisés ». Maestro est intact, les globules blancs et rouges aussi. Je suis toujours autant fascinée par le générique de début et, avec nos quatre yeux grands ouverts, on regarde interloqués ces deux personnages s'assembler et former une boule pour concevoir un enfant.

J'observe mon fils discrètement parce que je sais à quel point c'est désagréable d'avoir une maman qui nous scrute en permanence, et je retrouve en lui l'insouciance de ma propre enfance, puis je croise mon regard dans la glace et je reconnais l'air légèrement angoissé de ma propre mère, il existait déjà, il n'est pas né avec une époque. Tout a bougé, comme tout est intact.

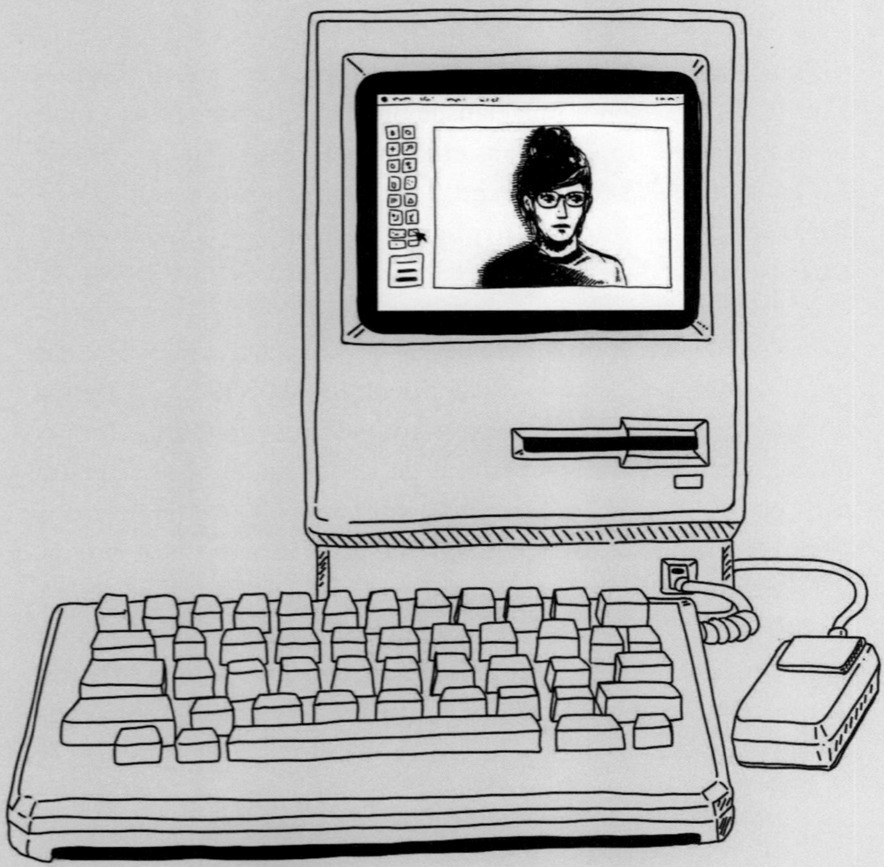

Table des matières

Portrait-robot 7
J'avais quitté mon psy, pas mes angoisses 13
Je suis retournée à l'école 18
Je voulais être Angela Bower 22
Névroses capillaires 26
J'ai fêté l'automne 33
J'ai voulu être toutes les femmes sauf moi 36
Permis de grandir 42
J'ai maté la fille des réseaux sociaux 47
Comme dans une pub Herta… 49
… Qui aurait mal tourné 54
La vie parisienne 57
Bienvenue dans ma maison de retraite 61
T'avais qu'à demander 64
Je veux l'esprit de Noël 71
Petits mensonges en famille 75
Du Nokia 3210 à l'iPhone 11 79
J'ai maté un tuto beauté jusqu'au bout 85
Je veux être la dame des fêtes 91
1er coup de cafard de l'année 96
2020, l'odyssée du rien 98
Je veux voir la neige 103
J'ai voulu redécorer mon appart 107
Degré de sociabilité : 2/10 112
Hashtag withmakeup 117
Je me suis souvenue de la Saint-Valentin 120

Amour et dépendance 125
Les poilues 131
Les couples d'amis 136
Domicile conjugal 141
J'ai tout gardé de mon adolescence 145
J'ai eu le cafard de Pâques 147
Ma fête d'anniversaire 151
Ça nous rajeunit pas 154
Je suis partie en vacances avec ma mère 158
Poids réel/poids ressenti 164
Je te like moi non plus 170
J'appréhende la chaleur 174
Je vends mon vélo d'appartement 178
« Beignet, chouchou, bouée, panier… » 181
Projet : être la fille au paréo 185
J'ai organisé mes vacances d'hiver 189
Marquée à vie 195
C'est la rentrée 197
J'ai pensé à l'espace et au temps 200

Composition et mise en pages
Nord Compo à Villeneuve-d'Ascq

56.9260.2/01
Imprimé en Graficas Estella
Dépôt légal : octobre 2020